中国新实力作家精选

当代青少年必读的精品散文

俸君/总策划

半个苹果的爱

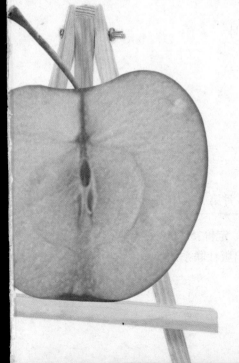

吴琼 ◎ 著

知识出版社

图书在版编目(CIP)数据

半个苹果的爱/吴琼著.—北京:知识出版社,
2011.11

ISBN 978-7-5015-6325-8

Ⅰ.①半… Ⅱ.①吴… Ⅲ.①散文集—中国—当代
Ⅳ.①I267

中国版本图书馆 CIP 数据核字(2011)第 229480 号

策　　划　刘　嘉
策划编辑　马　强
责任编辑　张　磬
责任印制　李宝丰
封面设计　青华视觉

知识出版社出版发行
地　　址　北京市西城区阜成门北大街 17 号
邮政编码　100037
电　　话　010-88390732
网　　址　http://www.ecph.com.cn
印 刷 厂　三河市兴达印务有限公司
开　　本　1/16
印　　张　13
字　　数　180 千字
印　　次　2011 年 12 月第 1 版　2024 年 6 月第 3 次印刷

ISBN 978-7-5015-6325-8　定价:58.00 元

目　录

第一辑　倒塌的老房子

第二辑　家有贤妻

第三辑　石门的门

目 录

半个苹果的爱

第一辑
倒塌的老房子

父母的开关

我做生意的县城距父母所在的老家也就15千米的路程，坐公交车不到一个小时，骑摩托不到30分钟就能回趟老家。可就是这样短的距离，我也是常常几个月，甚至半年才回家一趟。这中间的原因表面上是因为穷忙，骨子里是没有关心父母的心。

我最近买了基金，看看收益还不错，就想多买点儿。可手头钱没了，想到父亲退休了也没花钱的地儿，应该还有些积蓄，便想向父亲借一万元买基金。前天晚上骑车回了家，隔着院墙看到院里的灯亮着，知道有早睡习惯的父母还没有睡。父亲开门见到我，很高兴，说："你回来了，坐到上房间去，你妈正擦澡呢。"我坐在凳子上，父亲却去院坝收拾席上的苞谷。我说不收拾不行吗？父亲说："夜里有露水的，潮。"我也帮父亲收拾。这其实是我应该做的，而我现在竟如客人一般做得小心翼翼。母亲知道我回来了，也就匆匆洗完，很客气地和我打过招呼，对父亲说，你没给娃把咱熬的豆角端出来让他吃。我说我刚吃过饭。父亲说："那是冷的。"母亲说："没事，晌午才熬的。好着呢，让娃尝尝，好吃着呢。"母亲说着话就进屋端来了一碗蒸面，一塑料盆豆角。昏黄的灯光下，面和豆角都呈黑灰色。我没有一点食欲。母亲把筷子递到我手上，说："吃吧，很好的。"

看到父亲佝偻的身影，看到年迈的父母身上穿了几年的衣服，我张了张嘴，还是没有把借钱的话说出口。我说："我回来取户口本，有几个稿费单要取，身份证没下来。"父亲取了我的户口本，母亲则忙着找个蛇皮袋子，给我装洋芋，装豆角，装南瓜，装她早上才蒸的黑馍。母亲总说，你妻子爱吃我的黑馍的。母亲边装边说："你回来了，就给你拿些，你不回来，又给你拿不成，你们两个（二哥和我都在县上做生意）都是儿，给你不给他就不好。"我心里说，其实现在谁还把这事看得那样重啊。

父亲说："没事了就走早些啊，也不留你。天黑了，路不好。"

母亲也说："路上走慢些，每次你一走我们就担心，家里又没电话的，你到了也不知道。"

我说，没事。我骑得很慢。

就要走了，父亲忽然说："帮我把你妈的洗澡水端出去倒了。你不回来我就要用小盆往出舀的。"我说行。走进父母住的房子——那是大哥在世时修的厢屋，两间。一间做灶房，一间做父母的卧室，每间面积不足十平方米。一个土炕，再放一些乱乱的家什，余下的地方就只能放一个洗澡的大铁盆子。把水端出去倒了，放下盆，我才意识到，父母的卧室里点着煤油灯。我问："怎么了？灯？"

父亲说："开关坏了。让周伟（我妹夫）来修，他这一向很忙。"

母亲说："想叫社教（隔壁和我年龄一样大的邻居）来修，看着人家庄稼地里活忙，就不好开口。"

我说："多长时间了？"

母亲说："快一个月了。"

我的心忽然就很痛。说："我二哥常回来的，给他说一声不就得了。"

父亲说："他回来也总是忙。回家还没站稳，就要走的。"

忙，我们都忙。忙得连回家一趟的时间都没有，连过问一声父母有什么困难的话都省了。

我说："让我看看。买了开关没？"

父母都说，算了，黑天里，危险。我说："没事，我看看。"母亲又说："先是要拉五下灯才亮，后来灯绳一松手，灯就灭了。"

父亲说："你妈着急了，就用一块石头把灯绳压着。"

我的眼窝一热，打断了父母的话："给我找一个木凳子来。"

父母还是说，不要，危险。我说，真的没事。

母亲拿来一个木椅子，我把它放在土炕上。我对母亲说："把手电照好，不要挨着我身子。"

原来开关的弹簧片只剩一个在，已经不起作用了。我对站在地下的父亲说："找一把螺丝刀，我把这个开关换了。"父亲拿来螺丝刀还是说，不要换了。有电，危险。我说没事。母亲就让父亲去隔壁社教家让他把电闸关了——电表都在他家集中安着。我说："真的没事。晚上了不要打搅人家。"

不到10分钟就搞好了，屋子里又亮堂起来——虽然只是一盏15瓦的灯泡。

我看见父母的脸上露出了开心的笑容。

用了一个月的煤油灯。

10分钟就能解决的事。

我们做儿女的对父母的关心就是开关的"关"，关上了，就总是忘记"开"，借口总是"忙"；父母对我们的爱就是"开关"的"开"，一辈子都"开"着，哪怕我们是四五十岁的"孩子"。

倒塌的老房子

曾经有那么多的心愿：

在老房子前给父母照张合影。拉一条长凳，让父亲和母亲坐得近一点，背景就是三间老房子。那是他们白手起家盖的房子，是他们结婚的房子啊！

有一回，我真的就回家侧着身子，躺在长满野草的院子里给老房子留了影。那是我们弟兄三个的根啊！是我们姊妹四个的家啊！现在，我们都长大了，都离开它远去了，就想把它拍下来，做个永久的留念……

可是，这一切都没有变成事实，并且永远都不会变成事实了。

给父母的合影因为房子是坐东向西的，照相必须在下午五点以后。不是我的时间不行就是父母不方便。父母总说，啥时候都行啊。

我专门给老房子拍的照最后竟没有洗出来。

就在我也和父母一样，认为这一切都可以重来的时候，老房子却在2003年的大雨中倒塌了。现在，在那一片废墟上，母亲种了夏天的包谷和秋天的麦子。

老房子，成了我心中一生的遗憾。

1996年，我在华山脚下做小生意，结果和当地人发生冲突，我和妻子都受伤住进了医院。人地生疏，举目无亲啊！这时候，远在河南予灵的大哥闻讯后，便放下他的生意，风风火火来到我们身边。大哥白天跑东跑西，晚上熬煎得睡不着觉——和我打架的是当地的地头蛇啊！

在大哥跑前跑后、没黑没白的努力下，我们终于讨回了公道，拿到了补偿。

回家后，一直想着要报答大哥，因为相隔太远——大哥在河南做生意——总没有机会。我总想，来日方长，弟兄们的日子长着哩，迟一时也不要紧。可我万万没有想到的是，我的大哥从河南回到老家时已是重病缠身，不到一年，年轻轻的就离开了人世。

大哥，成了我心中永远的痛！

每个人都有自己的老房子，自己心灵的老房子。那是我们起根发苗的地方，是我们饱尝父母之爱的地方，是我们享受兄弟姐妹亲情的地方，是我们一生一世都忘不了的地方！

任何给我们恩泽、给我们留下永远的不能忘记的人和事都是我们的老房子。父母、兄弟姐妹、我们的老师、在下雨天给我们撑起一把雨伞的、在别人的城市受到别人的关怀、在夜晚有人给送来光明……该报答就报答、该留念就留念、该孝敬就孝敬啊！不要再推到明天！哪怕是最小的回报都比一辈子的遗憾强百倍！

倒塌的老房子，想说爱你已经不容易！

母亲的地界

我和母亲越来越离多聚少了。

我越来越迫切地希望和母亲多坐一会儿，就那样静静地坐在母亲面前，听她絮絮叨叨地诉说，一言不发或者微微笑着轻轻应她几声。

院子外边的杨树已经很粗了，枝枝叶叶密麻麻地绿着，遮蔽了整个院落。阳光透过叶子稀少的缝隙洒下来，给干干净净的院子涂上几笔写意画。在这幅静谧的图画里，我坐在低矮的木凳上，听同样坐在矮凳上的母亲天马行空地诉说。

老屋已经名存实亡，那年的暴雨把父母亲手盖的三间老屋下垮了。彼时，我已经在县城有了自己的房子和生意，并没有打算在老家盖房。在收拾了破墙烂椽残瓦后，父母把房基和院坝开垦成了一片园子。春天种葱，秋天种萝卜，在园子的周围地界有豆角和向日葵不时高高地站在那儿。

老屋的地势低，住在后边的邻居就把扫完院子的垃圾推下来，繁密的爬山虎也汹涌地疯长。我们和邻居的地界———一条阴沟就被填满了。年轻的时候，总是父亲在清明节后，用镢头把带树根的土，有玻璃和瓦片的土，甚至带烂袜子烂裤片的土一点点挖出，再用铁锨很艰难地铲起来，装进两个柳条编的笼里，一担一担挑着送到老屋门前的院坝底下。后来，我成家了，接过了父亲的镢头和扁担，顽强地固守着祖上留下的地界。

现在，老屋已不复存在了，而地界仍然在固守。母亲说，每年清明过后，她都要催近80高龄的父亲去"出阳壕"———就是把阴沟里一年的垃圾清理干净。父亲因为上了年纪，力气是大不如从前。母亲就说，我和你一起去吧。比父亲年轻不了几岁的母亲用镢头挖两下就要直起腰来歇一阵。父亲说，还是我来吧。

我从母亲的叙述里便能想象出母亲是怎样一镢一镢地挖那些丝断麻不断的垃圾，怎样一锨一锨把那些红的绿的塑料袋、玻璃碴儿、包装袋、破布等垃圾装进已经破旧的箩筐；父亲又是怎样一步三摇地挑着装了垃圾的箩筐走在老屋的院坝里……

我说："妈，明年就别'出阳壕'了。你和我爸年纪都大了。"

母亲叹口气，说："你们都忙，又总是没事就不回家。'阳壕'不出，一年就堆满了，二年人家就骑到我们头上了，再过几年你连地界都找不到了。"

我说："妈，我们在县城有房，也不打算回家盖房了，争那些地界干啥啊？"

母亲说："这不对。他的就是他的，我的就是我的。我不占他的便宜，他也不能占我的便宜。"

我父母住在大哥的房子里，大哥人已不在了。大嫂虽然没改嫁，可在县城有大哥在世时买的房子，平常很少回家。我大哥在世时，左邻右舍都让着他，现在他不在了，人家就在地界上做一些手脚。我父亲说："多一事不如少一事，一镢一锨也改变不了啥，能把我们的房子刨去吗？"我母亲不认可。我母亲说："我还在，我还能看见，我就不会让他们占一点便宜。我的就是我的，他的就是他的。"

我母亲就一个人拿了镢头，拿了铁锨，用一根尼龙绳从东头拉到西头，一镢下去，一锨铲出，端溜溜一条沟就出来了。左邻右舍的男人女人出来看了，虽恨的牙痒痒，可看见我母亲绷紧的尼龙绳，嘴上一句话也说不出。

有个后生低声说，看你还能活几年？

我母亲很背的耳朵偏就听到了。我母亲说："只要我活着，我的就是我的，谁也拿不去。"

那人就噤了声。

我听着母亲的诉说，心里就热热的。不管我们长到多大，不管我们觉得母亲的做法是怎样的有些小题大做，可母亲是实实在在地保护着我们，

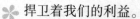

捍卫着我们的利益。

老屋的废墟前，有我当年盖的三间厦屋，一直没人住。春节，父亲在门上贴上大红的对联；元宵夜，母亲在房子周围点亮红红的蜡烛；清明过后，父母又会拖着孱弱的身子去挖地界。

父母就是用他们孱弱的身体和顽强的行动捍卫着我们的利益。

从小到大，父母就是一把永远撑开来的伞，我们就是他伞下永远的孩子。

兄弟树

每次回老家站在曾经生我养我的故土上，站在倒塌的老房子的地基上，躺在母亲的土炕上，我都在心里说，我要写一篇文章，但我每次都不敢动笔。故园在我的心头很沉很沉，压得我喘不过气来。我不知从何处着笔，我害怕我写不好。这正如我在心里老想给我的父母亲写些什么，但总不敢下笔一样。父母对我的爱不是一篇文章所能表达的，故园对我的情愫也不是一篇文章就能写出的。

昨天，我在相隔三个月后（虽然我居住的地方离老家只有 30 里地），回到故园，回到 70 高龄的父母身边。蹲在故园那棵核桃树下，任蚊子在我的大腿和臂膀上肆意叮咬，我看着昔日的繁华现在已是面目全非，我的泪就不由地流下来；躺在父母的土炕上，和明显已经行动迟缓、反应迟钝的母亲拉家常，我的心里就酸酸的。父母是已经老了啊！有一首歌唱到"常回家看看"，而我离家只有短短的 30 里，竟然要三个月、甚至半年才回家和父母见上一面，那也是村里出了"人情"才回的家。

前几年没有感觉，这两年也许是近不惑之年了，我常常莫名其妙地和妻子发脾气，常常想一个人回家和父母拉拉话，说一些风马牛不相及的话。每次回家，我都要躺在父母的土炕上，舒展一下我疲惫的身体。躺在父母的土炕上，我一下子像一个游子回到了母亲的怀抱，安全、舒服、温馨。每次妻子催我该走了，我总是躺着不想动，有时竟傻想，我就躺在这里不回去了，我就不想再做生意了，我也不想再挣什么钱、争什么名了。

故园给我太多抹不去的记忆，父母给我太多说不清道不明的爱。

老房子是三间土木结构的土房子，据说还是父亲刚刚参加工作时盖的。当时，父亲不在家，是包给队上的社员给盖的，我母亲就常常说盖得不够好。房子坐东向西，故而冬天的早上是晒不到太阳的，就冷。我们就埋怨父亲咋不把房子盖到对面的阳坡？母亲说，有这座房子就不错了，你爷爷在世时爱赌博，把井上房子的橡都拆下来卖了。我们也就无话可说了。

老房子前面是一个50多平方米的院子。院子左边紧挨老房子是一间养猪的房子，不大，但修的高，苫瓦。我开始记事时，大哥已经把它收拾得很漂亮，做他的睡房用。大哥人整齐，做事也整齐。他用芦苇杆绑了天棚，用旧报纸糊了四周的墙壁，再在墙上贴了年画，挂了玻璃装的相框，小小的房子一下子亮堂了。

大哥房子的后边是一块和院坝一样大的园子地。母亲秋天种上小麦，夏天种上包谷，到后来，地边的树长大了，就不再种粮食，而种一些萝卜、白菜、茄子、豆角等。西边的地畔有三棵两把粗的核桃树，母亲说是大哥过岁时栽的。也许是预兆吧，我母亲果然就生了我们弟兄三个。那年，大哥结婚后分家，母亲说，三棵核桃树，你们弟兄三个一人一棵。我至今不知道当时是什么原因。大哥的树是中间一棵，我的是最南边的一棵，二哥的是北边的那棵。就数二哥的树结的果子大，下来是我的，大哥的树结的果子最小，是两头尖的。

大哥结婚时，我们家很穷。穷到什么程度呢？早上是能照见人影的包谷稀饭，中午是用大豆、包谷和很少一部分小麦面掺和的杂面做的面条——根本成不了条。一年里很少吃上包谷面做的窝窝头。原因是母亲的身体一直不好，在队里只能拿六个工分。而我父亲在离家很远的地方教书。孩子多，又没工分，就分不到粮。我记得那时的星期天，父亲总是挑着两个用柳条编的筐，我则拿着一个"升子"，父子俩去街上的场院后边黑市买粮。

我二舅当过兵，在部队上入了党，复员后在大队当支书。他是我们家亲戚里最有头有脸的人。公社书记看上了我二舅的能力，就千方百计地叫我二舅去公社工作。我二舅不去。后来，公社在南边的胡河沟里办了一个"五七学校"，叫我二舅去当校长。我二舅去了。我大哥的运气一直不是很好。那年，他高中毕业后大队让他去小学教书，当民办教师。他当时一心当兵，就没去。可那年体检时他没有过关，结果兵没当上把教师也给耽搁了。我妈就硬着头皮、厚着脸皮去给我二舅说了几个晚上，我大哥才去了"五七学校"上学。两年后，公社买回了放映机，成立了放映队。我舅和公社的书记关系特别好，我大哥就去了刚刚成立的放映队。我大哥人长得排场，在人面前又很会说话，再加上我舅在公社的关系和威望，我大哥在公社也就混得很好。那时候，农村没有电视机，文化娱乐就是看电影，放映队在农民的心里是很风光的。我大哥也就成了全公社的名人。他结婚以后，嫂子在家吃不下我们的饭，大哥就把嫂子叫到公社去住了。

结婚后，我大哥和父母的关系就很紧张。嫂子和母亲吵，大哥也和母亲吵。这中间多少也和我大妈在中间煽风点火有关系。我二哥那时候上初中，身体不好，吃发霉的包谷糁做的稀饭，这里吃，那里就吐了，他还要去上学，常常饿得头发昏，眼发涨。二哥因为看不惯大哥的为人和做事，就不和大哥说话。有一次，大哥和一干人在路上碰见二哥了，二哥问话，大哥竟对和他一路的人说是村里人。二哥就把这事记了一辈子。后来我二嫂也和大哥不和，总说大哥看不起人，他们也就不认了这个大哥。

我记得分家后，三间房子大哥占了两间，我、二哥还有妹妹就住在那间猪圈改成的厦房和三间房子中的一间房子。刚开始我们是从窗子翻出翻进的，一个月后把窗去掉安了门。

三棵树，其实就是三个人，三个亲兄弟。可在那苦难的年月，三个亲兄弟却行同陌路，都是因为穷啊。分家的时候，因为一个小板凳也会弄的红脖子涨脸。现在想想，这一切都没有了意义。

五年前，大哥的树开始枯萎了。三年前，大哥因为患病——肝癌晚期，永远地离开了我们。那棵树也彻底死了，大嫂叫人把那个不祥的树放倒、肢解，解板的解板，烧柴的烧柴。

今年春天，我大哥过世三周年的时候，我们兄弟二人和妹妹、妹夫都回家了。在老家的院坝里，二哥的树也显出了枯萎的迹象。我和二哥说，放了它。三下五除二，那棵一抱粗的核桃树就被放倒了。

三棵树，现在就只有我那棵还在挣扎着，每年也结不了多少果子。秋天里，母亲说："你回来把核桃打了吧！"我说："由它吧，也打不了多少果子的。我40岁了，已是不惑之年，上树也操心，对世事也看得淡了。钱多少是够？名多大是名？气争着又有多大的意思？"

　　我每次回家，都要蹲在三棵树的地基上沉思，一蹲就是半晌。人活一世也就是五六十年，所谓"人活七十古来稀"，能活到70岁的人真是有福了。但我们在这几十年里做了多少不该做的事啊？和父母的不和，和兄弟姐妹的隔阂，争一些不该争的气，伤心伤身。有一句话说，钱财如粪土，名利是枷锁，都是身外之物。这句话只有到了生命尽头的人才有深刻体会啊。

　　兄弟树，常常让我深思！

两棵核桃树

这两棵核桃树，一棵在我老家故园厦屋的房后，我们叫"厦子坟"上的。另一棵在院坝的北边，这棵树要大的多，有两搂粗。这两棵树都是我大妈家的。

我一直疑惑，这两棵树怎么就没有父亲一棵呢？

父亲是弟兄两个，没有姐也没有妹。从我记事起，我大伯就是一个很随和、很爱我们的人。他一直当队上的保管员，队上仓库的钥匙就是他拿着。那时收麦季节，队里晚上总加工脱麦。我母亲因为孩子小，又没有体力，生产队就不要。大伯加工回来，就把队上给的"杠子馍"慷慨地送给我们。母亲推让，他说，给孩子吃，娃小。大伯的话不多，做事却实在。但我大妈从我记事起，就总和母亲闹矛盾。现在想来，主要原因是：一、大妈的娘家比我母亲的娘家富裕一点儿。二、我母亲生了三个儿子，而大妈虽然富有（也就是吃得好一点儿，穿得好一点儿），却只生了两个女儿吧。大妈人长得高大，我母亲个子矮小，性格又软弱，就总是受大妈的欺负。隔三差五的，大妈总要指桑骂槐地欺负母亲，而母亲总是忍气吞声地过。

我们也有快乐的时光。

厦屋后的那棵核桃树上挂着生产队的铁钟。上工了，开会了，队长总要在树下拉动大拇指粗的麻绳，"咣、咣、咣"地打钟。一村的人都竖起耳朵听队长发号施令。夏天里，我们总喜欢把饭碗端到那棵树下吃饭乘凉。树底下就被我们收拾得很干净，没有荒草，也没有乱石。大伯还在树的根部堆了一个很白的平板石头，来得早的人就坐上去，很优越的样子。几个人在树底下，边吃饭边说一些村上的稀奇事，说到高兴处，满树下的人就都大笑起来。

院坝北边的那棵树一直是我大妈的专利，夏天她坐在树下乘凉，冬天她则坐在树下晒太阳。大妈也有发慈悲心的时候，你还没有从她给你造成的悲哀中醒来，她会冷不丁给你端来用白菜萝卜做馅包的饺子，或者熬得很黏糊的红豆子稀饭和包了豆馅的黄包谷馍。我母亲会很客气地接过来，并说一些感谢的话。对于我们小孩子，那就是过年一样的美味。

　　我家和大妈家的界沟一直是我母亲和大妈的心病。今天母亲用锄头钩过来了，明天大妈又用镢头挖过去了。春天里，母亲在界沟边栽一棵杨树，大妈就在那边插一株柳条；大妈在院坝边栽一棵苹果树，我母亲就在这边栽一棵梨树。一个五寸的界沟，被母亲和大妈刨得光溜溜的，没有一根杂草。

　　同样在这棵树下，也有欢乐。

　　那就是我和大妈的外孙，也是我的外甥的友谊了。外甥叫军学，比我仅仅小两岁，每年的寒暑假都要来外婆家过。我、社教和军学就成了最好的朋友，一起提了草笼去给猪割草，一起拉了队上的牛去南边沟里放。在那棵树下，我们捉迷藏，玩抓特务的游戏，更多的是摔跤，看谁的力气大。

　　现在，当我站在故园的土地上，满眼是荒草和瓦砾，当年的房屋不见了。大妈和大伯早已作古，他们的小女儿把房子盖到原先生产队的场里去了，我们家的老房子早已不住人，前年毁于一场大雨。在我们两家的房基地上现在是包谷和大豆，还有母亲种的茄子和辣椒。先前的院坝都长满了齐小腿深的荒草，界沟已经看不见了。我后来开玩笑问母亲，咋不见您去管老院子的界沟了？母亲也笑了，你大妈都不在了，管它做啥。是啊，人都不在了，还管那些没用的东西做啥？

　　我大妈要强了一辈子，到最后死的时候也是任人摆布。她的枋，她的墓，她的老衣都是按别人的意思弄的。我母亲和大妈对了一辈子，现在忽然没对手了，她倒有了失落感，常常说起大妈的好来。

　　争来争去，到老了，那些不愉快的事都没有了印象，倒是很少的好处却让人难忘啊！

　　那棵厦屋后边的核桃树还在，不过也呈现出一种死气沉沉的气象。树下的荒草疯长，树上的叶子枯黄，有很多的枯枝也没人去折。奇怪的是，那个生锈了的铁钟还在，似在向后世的人述说那个久远年代的故事。村里的年轻人都出去打工了，上学的孩子也不像我们当年那样有时间去玩。这儿也就不再是乐园。

院坝北边的那棵核桃树是明显的老了。在我的印象里，它还是那样粗细，没有生长。它的树冠已没有了当年的枝繁叶茂。没有了房子，没有了人，这地方也就没有了生气。树也是老的老，死的死了。

我站在故园的土地上，更多的是悲哀！是对生命的悲哀，是对人生的思考！

给父母拍张照片

我在散文《倒塌的老房子》里这样写到"在老房子前给父母照张合影。拉一条长凳，让父亲和母亲坐得近一点，背景就是三间老房子。那是他们白手起家盖的房子，是他们结婚的房子啊！"

"给父母的合影因为房子是坐东向西的，照相必须在下午五点以后。不是我的时间不行，就是父母不方便。父母总说，啥时候都行啊。"

那时候用的是胶片相机，给父母拍照就如我文章里写的成了一种愿望，到底没有实现。

前不久，我通过电视购物买了数码相机。相机还没送来，我就想，等相机送来了就回老家先给上了年纪的父母好好照几张相，存到电脑里，也有个念想。不管过了多少年，不管我走到哪里，我都会看到父母的。这也就了却了我一桩心愿。可是相机送来了，天公却不做美，整天就是阴着脸，淅淅沥沥的秋雨下个不停。那天晚上看到天空中终于有了月亮，我高兴极了。第二天天还没有大亮，我就骑了车往家赶。

母亲一个人在院坝里忙着。我问："我爸呢？"

母亲说："去老房后边地里了。"

我说："说了不要再种地了，还种啊？"

母亲说："责任田没种了。那两块自留地种不成啥，只有种一点麦子了。"

父母都是六七十岁的人了，腿脚不灵便。我们弟兄都在县城做生意，不常回家。前几年就说不让他们种地了，父亲退休每月还有一千多元的工资，在农村花钱的地方又少，不种地完全行的。可我母亲坚持要种地。她总是说，我是农民，农民不种地干啥？我们说服不了她，只有在农忙时回

半个苹果的爱

家帮忙。这两年，父亲 70 多岁了，农活实在做不了了。我们就坚决反对父母再种地。

我和母亲正说着话，父亲扛着耙回来了。见到我他很高兴，说："你咋有空回来？"

我说："我想你们了。我回来给你们照几张相。"

我说着话就把相机拿了出来。父亲看见了，说那么小啊？

我说这是数码相机，比原来的要好。父亲就说几百元买的？

我说两千多。父亲就说，尽胡花钱。两千块买那么个小东西。

我看看没有什么做背景，就拉了上房的黑木板门，又拉了一张长条木凳。父亲对母亲说："去，把你的衣裳换了。"父亲进屋穿了他的呢子上衣，母亲找了一把梳子梳了她的头。

父亲说，男左女右，有讲究的。

我让父母坐在凳子上，给他们照了三张。父亲说好了好了。母亲也说，好了，浪费胶卷。我说这机子不用胶卷的。我又给父亲和母亲单另照了一张。看着相机里的照片，父母很高兴也很惊奇——这么快就出来了？

这几天晚上看电视剧《金婚》，很感动。婚姻能走过"金婚"委实不易。父母的婚姻已然走过了金婚。我看着年迈的父母相携走到如今，常常羡慕他们。

我现在才好好地看着我的母亲。母亲年轻的时候一定是一位美丽、善良的女子。母亲年轻的时候在我们家受了不少罪，孩子多，劳力少，身体又不好。老了，我们都在外有了自己的事。母亲不用再为我们担心，倒也享了福。

为了我们，母亲的头发白了；为了我们，父亲的胡子也白了。父亲最大的优点是心胸宽阔。70 多岁了，他的身板还挺硬朗。我们都说，这是父母的福气，也是我们的福气。

从我记事起，他就是小学校的校长。母亲说，父亲除了能教书就没有一点能力了。父亲说能把书教好也不容易，怕的是教不好。父亲一辈子的嗜好就是抽一口烟。抽烟的父亲，其实就是一幅"除去神仙就是我"的享乐图。退休了，父亲开始信耶稣基督，我们也支持，只要父亲开心就好。

　　白头偕老，对年轻人来说是一种愿望，对相携走过的父母来说则是一种福分，真的不容易。

　　衷心祝愿父母安康、快乐！

向父亲借钱

向父亲借钱，一直是我发怵的事。

10 年前，我买房子时，从大哥那儿没有借到钱，从二哥那儿借到 5000 元，父亲给我拿了 3000 元——父亲的钱是通过二哥的手给我的。当时说好了，等我手头宽裕了，和二哥的钱一起还。三年过后，我还了二哥的钱，父亲的钱一直没有还。第五年吧，母亲托人来问，我说："手头没钱，随后吧。"心里想着，我结婚时父亲答应给我买家具的后来没有买，这钱就甭还了。在后来的日子里，父亲一直没有提起这件事，但是它却成了我的一块心病。

父亲其实并不是把钱看得很重。我知道他有用处。他用自己的钱从距家五六十里的腰市买了枋板，请木匠做了寿木。板材是上好的柏木，寿木是桐漆雕花，黑得发亮。他又用自己的钱买了砖、水泥、沙子，请匠人做好了墓室，水砂石面，古朴大气。乌黑发亮、深沉厚重的寿木放在楼上，典雅端庄的墓室堆在老坟园里。做好了这两件身后的重大事情，父亲舒了一口气，灰白的头发又梳得一丝不苟，背也挺得特别直了。这两件事本来是我们做儿子的分内事，父亲说："我有退休金，我就用我自己的，你们过好你们自己的光景就好了。"

我至今还记得父亲给我 60 块钱的事。我知道这辈子也不能忘记了！作为父亲最小的儿子，从小到大，父亲也不知给我花了多少钱，而唯有那一次让我永生难忘。那是我结婚后的第二年，因为年轻等很多原因，我们和父母分家另过了，我们和父母成了见面也不说话的陌生人。也就是那一年，我的生活很糟糕，没有一点儿挣钱的门路。我从学校毕业就进入社会，接着结婚生子，庄稼活不会做，生意更是一窍不通。面对远嫁而来的妻子和床上嗷嗷待哺的女儿，我深感无能为力。那一年秋天，雨水特别多。在去给责任田里施肥的路上，我碰到了同样给地里挑大粪的父亲——我的脑海里始终存放着那一年秋天父亲和我脚下泥泞的路面，灰色的天空下父亲凌乱而灰白的头发——我把头别向一边就要走过去了，父亲喊我，正娃！我一愣，以为听错了，脚步没有停下。父亲再喊，正娃！！我站住了——我已经和父亲近一年没有说话了。父亲见我停下了，哆嗦着从内衣口袋掏出一卷半旧不新的钞票，父亲说："拿着，和社教他们收核桃去。"那年的核桃价格一路上涨，我们村里的年轻人都骑了自行车去别的村收购核桃，回来剥了皮，把核桃仁拿到镇上的收购站去卖，一天也能挣十多块钱的。我早想去的，可惜手头没本钱，虽然当时不到 100 块钱就可以的。

父亲的钱我是回到家当着妻子的面点的，60 块整。票面有 10 块、5 块、两块、一块，还有 5 毛的。妻子说了句，也不给个整一百。我眼一瞪，说："够了！"妻子再也没有言语。就是用父亲那 60 块钱做本钱，我开始了我人生的第一次做生意，也度过了那年的难关。我也深深地理解了"雪中送炭"永远比"锦上添花"要好得多。

向父亲借钱是去年秋天的事。

那时，我刚刚涉足基金投资，眼看着人家大把大把地赚钱，心里就 25 只兔子赛跑，百爪挠心，坐不住了。拿了自己的几万块钱去投资，又想着父亲的退休金放在银行也就那么点儿利息，还不如让我拿来买基金划算。回到家，看到 70 多岁高龄的父亲和母亲穿着长短不一的旧衣服，在院子忙忙碌碌的身影，我实在张不了口。看着台阶上，院子里金黄的包谷穗子，看着父母忙碌而疲惫的身子，我说："说了再不要种地了，咋总不听呢？"父亲说："去年就说不种了，你妈不听。"我说："70 多岁的人了，身子骨要紧。能吃多少啊？再说，我爸的退休金你们也吃不完。"母亲说："现在身子还能动，在家闲着也闲得慌，责任田不种了，自留地还是种一些吧。农民不种地干啥啊？再说了自己种地吃个菜也方便。"我说了我买基金的事，父母当时就说我总干冒险的事，让我不要再搞了，好好做生意是正事。我就更不好提借钱买基金的事。

前几天，我重新投资开了一家童鞋品牌专卖店，装修好了，货也进来了，可就是把原来预计交房租的钱花得不够了。房东来要房租，我说："往后推一下，这几天基金总在跌，等涨回本钱就赎回来给你。"她说不行，她现在要用。因为到年关了，做生意的人都不好借钱，我就又想到了向父亲借钱。

硬着头皮回到家，父亲不在。我问母亲："我爸呢？"母亲说："去永丰了。"我说："找他有事。"母亲说啥事？我说想借些钱。母亲说："借钱？"我就说了我借钱的原因。母亲说："你甭找他了，他身上也没装钱，我给你看看。"母亲就去翻箱倒柜，我心里说，4000块哩，你能找出来吗？你就是找出来存折，也不知道密码，我还是找父亲吧？看着我着急的样子，母亲说："你甭急，我找找看，我看见你爸把留着过年的钱放在箱底了。"母亲终于找到了现金。母亲数来数去递到我手上说："你数数，看是不是1000块？"我拿到手上看是5元的票面，惊讶，但还是数了，我说20张。母亲说："对。20张，1000块。"我说："不对，100块。"母亲一愣，忽然笑了："看我，真是老糊涂了。你还是去找你爸吧。你去了给他好好说，就说你现在真的是倒不开，等你倒开了就还他。多说些你的难处，把你的难处说重些。"离开母亲时，雪下的正大，大片大片的雪花落在母亲的头上，落在母亲的身上，母亲站在雪地里，扬着拿酱红色头巾的手，说："你给你爸好好说……"那一刻，我真想拥抱母亲，对她说，妈，我对不起你。这么大了还让你操心。我没有走过去，我的眼睛一热，喉咙哽咽了。我说不出话，也同样对母亲挥了挥手，回去吧、回去吧，外面冷。

我找到父亲时，他正在给教会整理一年的工作总结。一见面，父亲就高兴地给长老介绍："这是我的老三儿子，在县城做生意呢。"父亲又说："他还是作家哩，写的文章上报纸和书了。"父亲在别人艳羡的目光里问我："找我啥事？"我说："我有急事，要让你给我找些钱倒个紧。"父亲二话没问，说要多少？我说4000。父亲说："我现在身上没带现钱，走，到你妹子那儿去。"

母亲教给我的理由和我一路上的想法都没有用上，父亲没有问我任何理由，就在妹妹的家里给我掏出了 3000 块钱。父亲说，他今天本来要存的，我要用正好给我，刚才在长老那儿不好说的。又对妹妹说，你想办法给你哥再找 1000 块吧。

向父亲借钱，其实不需要任何理由，这就像父爱其实是没有任何理由的一样。

把父母放到石头上

初一、十五，妻子都会催促我上香敬神。对于敬神，我是"信则灵"的态度。

大年初一，孩子和妻子还在床上，我就早早起来，刷牙、洗脸、梳头，然后在客厅的案几上放正香炉，取出两支大红蜡烛点燃，在香炉两边一边立上一支。用心挑出三根长短一样的带签香，在蜡烛上点燃，虔诚地作了三个揖，虔诚地插进香炉。

我跪在香炉前的地板上，焚了黄表，双手合十在胸前，闭上眼睛，在心里默默许愿：保佑我们全家和和睦睦生活，身体健康；保佑我们生意兴隆，财源广进；保佑孩子好好学习，将来能考上好一点儿的大学。这里说的我们是指我、妻子和女儿。许愿完毕，我磕了三个头，就要站起来了，忽然想到，还在老家的父亲这会儿也许正和我一样，在家烧香敬神吧——小时候过春节，父亲总是第一个起床，烧香敬神，然后把木炭火烧旺等我们起床。想到父亲，我才想起，多少次敬神，我在三个愿望里，从来就没有给父母许过愿。

大年的第一顿饭，饭菜端上来了，我给父母打电话，我想在我动筷子之前，给父母拜个早年，问问他们现在吃饭没？可是，我打了三个电话，那边都是无法接通。想必父母的电话又没有电了。

我想到有一次回家，母亲告诉我，父亲在每个礼拜祷告时——我父亲退休后信奉耶稣基督——都请神保佑我们俩口子不要吵架，保佑我的身体尽快好起来。母亲说，你妻子脾气不好，你要让着她。她烦了你就少言语几句。母亲还说，自己的身体自己要爱惜，有了人啥都有了。40多岁的人了，还总要父母操心。我坐在母亲面前，只有点头的份。我说，妈，我们已经不吵架了；妈，我的身体没有事，你和我爸就不要操心了。

四十不惑的年纪，还要父母操心；而面对七八十岁的父母，我们心里更多的是自己的孩子。人类一代代就是这样的生活和延续下去，这是怎样的悲哀啊？！

前几天，看聊斋故事里的《考城隍》。宋公，讳焘，因为"有心为善，虽善不赏；无心为恶，虽恶不惩"而被录用为河南城隍。宋焘跪拜曰，"辱膺宠命，何敢多辞？但老母七旬，奉养无人，请得终其天年，惟听录用。"考官诸神稽查了其母阳寿还有9年，就说，本来应该马上就要去上任的。念及宋公的仁孝之心，给假9年，到时候了就需要上任。就让和他一同考试的秀才张生代替他去做了河南的城隍。因为宋公的孝心，这个人多活了9年。看这个故事时我最感动的就是他的孝心。古人有"父母在，不远游"的古训。现在，还有哪个做儿女的在乎父母的存在和感受呢？

以前上香敬神，我许的三个愿里一直是我、妻子和孩子，一直是我们的生活、我们的生意、孩子的学习。习惯了，也就没有什么。当我在大年初一的早上忽然想到父母，才想到一直以来，在我的内心深处，我把父母放到了一边。我记得小时候，母亲常说的一句话是："父母把儿女放到十分上，儿女把父母放到石头上。"那时候的我还是孩子，听不懂母亲的话。小脚外婆常常用头巾包了馒头、核桃或者柿饼来看我们。大人就会说，稀罕（爱）外孙子，不胜（不如）稀罕门后的棍棍子。现在想来，这些乡间俚语蕴藏了多少人间经验啊！

"十分"是个多么阔大和温暖的词语，而"石头"又是多么坚硬、冰冷的具象。一热一冷之间，就彰显出父母对儿女和儿女对父母截然不同的态度。

正月十五那天，我点燃了红红的蜡烛，焚香烧表磕头后，我双手合十，闭上眼睛，在心里默默许愿：保佑我的父母身体健康；保佑我们全家身体健康、和和睦睦；保佑孩子好好学习，考上个好大学。

记住一句很俗的话——身体是革命的本钱。有了健康，面包会有的，一切都会有的。我希望"信则灵"的神保佑我们包括年迈的父母有个健康的身体，生活得快快乐乐！

下跪的父亲

儿子已经40岁了。

儿子和妻子吵架了。

妻子半夜打电话叫儿子的父母来挽救这个濒临绝望的婚姻。

父亲和儿子见面了。儿子对父亲说，这一次你不要管我。我40岁了，我有我的自由和思想！父亲没有像10年前那样扬手就给儿子一巴掌。父亲看着满脸无奈和憔悴的儿子，脸上也充满了怜惜和无奈。父亲摇了摇头，花白的头发在冬日的天空下簌簌地抖。父亲转过身，向妻子的房间走去，佝偻的背影像冬天河岸上那一截干枯的老柳树桩。儿子的眼睛湿润了。

父亲见到妻子时，妻子正收拾了衣物要走。

父亲说："不要走！"

妻子不出声，继续把一件件衣服往箱子里塞。

父亲又说："为了孩子，你不要走！"

妻子还是不出声，继续往箱子里塞衣物。

父亲还是说："我们看中你，村里人也看中你，孩子也离不开你。"

妻子的眼泪就流下来，可她还是不出声。她拉上了皮箱的拉链，转身拉开了门。

"扑通"，她的身后，花白头发的父亲双膝跪在地下，绝望的眼神让天地都变了颜色。

妻子一下子怔住了，拿皮箱的右手一松，皮箱掉到了地下，倒了。

父亲说："我这一辈子只给我的父母下过跪，而且是在他们逝去后祭祀的日子。我今天给你下跪，是为了我的儿子，还有我的孙子啊！"

当妻子事后把这件事说给儿子时，儿子无语。

儿子背过妻子，大哭了一场。

下跪的父亲成了一座雕塑，永远定格在儿子的心中。

这个儿子就是我。这个下跪的父亲就是我的父亲！

我的父亲母亲

我是过了 36 岁后才真切地体会到父母的爱的。我一直说，在父母还生活在这个世界上时，我们做子女的就该好好报答。不要等到父母不在这个世界了再去哭。人已经不在了，哭又有什么用呢？

我父亲是一个退休教师，每月的工资比我的收入都要高。我母亲在农村，父亲退休后就和母亲住在农村老家，吃粮吃菜都不要花钱的。父母完全不需要我们给他们花钱。就连他们的墓、枋、老衣都是自己掏钱做好了。我能做的就是抽出时间多回老家几次，多看父母几眼，多跟父母说说话。过年过节必回家陪父母过。父母的生日不会忘记。我不给父母买烟买酒，我给父亲买鸡、买鱼、买大肉。父亲一生爱吃肉，那几年孩子多，母亲身体又不好，挣不下工分。一家 5 口的嘴都要靠父亲的几十元工资去黑市买了粮来填，父亲就亏了自己。我给母亲买面包、买蛋糕。母亲人老了，牙不好，这种东西软，好咬，口感也好。我总觉得这几样东西是最实在的，父母能吃到肚子里。如果给他们买了好烟好酒，一辈子细发惯了的父母也许就拿去送人了。

我的父亲退休后去教会信耶稣基督，我们都支持。人老了，也没个事，不像城里的老人早上去体育场锻炼，上新建的馒头山生态园散步。他每天有他喜欢的事干着，有他喜欢的事跑着，他的心情好了，他的体格也好了，就很少生病。他高兴，我们也高兴。妹妹在镇上中学教书，她是我们家唯一的女孩，也是唯一吃国家饭的人。我父母生了三个儿子，最后生了一个女儿，没有想到，三个儿子一个都没有干公家的事，倒是老生女接了父亲的衣钵——当然，她是凭自己的实力考上大学的。这是母亲的骄傲。母亲逢集时就喜欢去妹妹那儿坐坐，也风光一回。

我在换季的时候给父母送几双鞋和几件衣服，而父母总是舍不得穿。

当我在第二年再往家里拿鞋时，母亲会把去年的鞋拿出来，说，你看，还好好的。我看着那双 pu 料的鞋，心里竟酸酸的。母亲啊，那不是好鞋，而在你心里，儿子拿回的鞋就是世界上最好的鞋了。穿了一年还好好的。你是舍不得穿啊！上街了，走亲戚了，你才取出来穿上，一回家，就擦干净又放到鞋盒里了。给母亲买的外套上衣，母亲也是穿了 5 年还是新的。

父亲最放不下心的就是我们去做直销。我对父母说："那其实也是一种营销活动，没啥的。我们不会搞传销的。"父母搞不明白，还是担心。

父亲总问我："去年出的书卖完了吗？"我说："没。"父亲就说："拿回来，我给你去卖。"但我没给他拿回去。我总认为那 5000 多元我能出起。我不愿父亲在风里雨里去为我的事操心。

这几年，生意稳了，孩子也大了，我的心情也好了。我又重新写自己喜爱的文字。

看得多了，写得多了，想得也多了。人在这个世界上，最最重要的不是地位有多高，钱有多少，而是要有一个好心情。给父母一个好心情，给自己一个好心情。

报答父母，就是在父母在这个世界的时候。一句话、一个笑、一个最最实际的礼物都会让父母的心情好起来。

这是真的。

给父亲过生日

　　给父亲过生日是近两三年的事。依我自己的体会，人须过了 36 岁才懂事，才知道孝敬父母，才意识到父母对子女的养育之恩是一生一世都报答不了的。这一切都缘于这种年龄的人正为了子女的成长劳神费力吧。36 岁之前，我根本意识不到给父母过生日，甚至连父母的生辰年月都不知道。在 36 岁那年的夏日，我忽然意识到该给父母过生日了。

　　农历的六月初五是父亲的生日，在此之前的三两天，我就和妻子商量着该给父亲买点啥。要是别人，就是烟、酒、糖、糕点四色礼。妻子说："咱给父亲买点实惠的。"我就说："父亲在乡下，平常很少吃肉，其实是老人家一辈子节省惯了，舍不得买。"我们就在前一天下午买了一斤卤肉，打了一斤黄酒，割了一斤牛肉，买了些芹菜、冻肉等。妻子又说："给母亲买二斤蛋糕吧，人老了能咬动。"回到家，父母接过东西，一个劲儿埋怨买了恁多东西，但脸上的笑掩饰不了心里的满足和欣慰。

　　去年的生日，孩子嚷着要去，刚好是礼拜天，我就带了孩子，提了一只烧鸡，几样从超市买的糕点去了父亲那儿。一走进老屋的院子，孩子就像回归自然的鸟儿，活蹦乱跳；母亲乐得合不拢嘴，把自己的儿子当客一样看待，又取凳子又倒白糖开水。帮父母弄好饭菜后，外甥、外甥女、妹妹、妹夫一大家子人围坐在一起，说说笑笑，热热闹闹，我看见父亲乐得合不拢嘴的，不时把大鱼大肉往孩子们碗里放。

　　今年的端午节一过，我们就意识到父亲的生日快到了。父母早就说："今年过生日就别回来了，都挺忙的，年年都过的。"其实，我们知道父母心里是盼着孩子们在生日那天聚在一起的。

　　我和妻子商量，今年给父亲买些啥？妻子说："我看给二老买套夏季衣服吧，那种老太太穿的黑底白花汗衫挺漂亮，城里的老太太都时兴穿的。妈总是老封建，又舍不得穿。"我们就去商场给母亲买了一套宽松衣服，给父亲买了一套衣服，又买了烟、酒、蛋、肉之类。

汽车出县城往西上了洛洪二级公路，像船在平静的湖面上漂，平、稳、静、舒服。从车窗望出去，但见两边田野里绿油油的包谷苗茁壮成长，有一种呼呼生长的气势。偶尔在路旁有那么一两株挺拔的白杨在夏天的原野上生成一种野性的风景，在田间锄草的农民让静谧的田园变成了流动的风景。

不到半小时就到了老家路口，下车行不足一千米我便回到了魂牵梦绕的家乡。绿树长满了村庄，房子点缀在绿树之中，或白、或红、或灰。白的是才修的二层楼房，白瓷片儿亮得刺人的眼，红的是10年前红砖砌墙修的五檩四椽瓦房，灰的是还未来得及翻修的老房。向日葵就在这一片绿中间黄灿灿地开放着，有黑色或黄色的长毛狗从人家的楼门冲出来，对着路上的行人"汪汪"地叫。还未进家门，久违了的亲情就像这一村的绿色把整个人都拥抱了。

进了家门，妹夫、妹妹、外甥、外甥女等人早到了。母亲一迭声说："说了不让来，你们还是来了，是钱没处花去了？"一边从我女儿手中接过礼物，一边笑着责备。父亲正在一边和妹夫说话，见我进了家门，就和我打招呼："正娃回来了，好！好！"

团圆桌上，是一家人亲情的演绎。吃得高兴，吃得舒心，吃得开胃。我忽然意识到：我的饭量比平时大了好多！

给父亲过生日，没有别的祈求，只求父亲在有生之年活的快乐，活的舒心！

父亲的手机

我从梦中醒来后，伸手打开放在床头的手机，时间是 5 点 35 分。

我梦见父亲和母亲因为买东西和摊主起了矛盾，父亲的身体很不好，母亲喋喋不休的跟人述说。村里有头有脸的人来了又走了，亲戚里最体面的姐夫也来了，他还穿着他检察院的制服。我说："咱回我的家吧，在咱的家说话方便。"姐夫和父亲起身走了，我拿了父亲落在别人案几上的软猴王烟和打火机，看着案几上别人喝剩下的空啤酒瓶，紧走几步撵上父亲。我搀了父亲上楼，问疲惫不堪的父亲："你哪儿不舒服？告诉我。"父亲说："没事，就是心慌得很。"

离开父母在外做生意转眼已经 15 年了。大女儿已经上高二，二女儿上初三。像这样整晚做梦和父母在一起的情况很少。想着梦中病恹恹的父亲，我的心里很不安，恨不得马上就回到他老人家面前看他究竟怎么了。事实上父母根本就不是梦中那样和我一起住在县城，70 高龄的父母一直住在距县城 30 多里的乡下老家。父亲今年 76 岁了，母亲 73 岁，也就是前年，我母亲在我们和父亲连续三年的劝说下才不再耕种她那四分多一点儿的责任田。

父母生养了我们三个儿子，我老小，大哥先他们而离开了这个世界。我唯一的妹妹，是父母 40 多岁添的老生女。教书的父亲三个儿子都没有从根本上改变农民的户口，就是这个老生女却继承了父亲的衣钵，她是靠自己的能力考上大学，成了教师，并且比父亲还高出一节——父亲教小学生，她教中学生。我们小时候，父母总盼着我们都有出息，将来走出农门，光景过得比村子里人都好，他们也就放心了。现在，当我们都像硬了翅膀的鸟儿扑愣愣飞走，去过自己的生活，去为了出人头地，去为了过比别人好的生活而疲于奔波……当我们为了孩子、为了房子、为了车子而奋斗的时候我们没有想到父母。不经意间，孩子站在面前已经和我们一样高了，甚至超过了我们，才忽然意识到原来已经过了四十不惑的年龄。这时候才想起在老家的父母，才仔细看着父母，才发现父母真的老了，丝丝银发稀疏而凌乱，颧骨很高，眼窝深陷。最明显的是父母走路的腿脚都不灵便了。

看着因严重风湿而腿脚肿胀的母亲一拐一拐的在院子里忙前忙后，我的眼窝一热，为了不让对面的父亲看到，我用手去揉了揉眼睛。父亲说："前几天你舅家盖房子打圈梁，你舅专门来说了，让你和你哥回来帮忙。其实帮忙的人够，就是要让人知道，他两个在县城做生意的外甥还惦记着老舅的，也给老舅争个脸。我走了三家给你们的电话都没有打通。我就很内疚。"我说："我和妻子的手机号换了，我二哥的小灵通总是信号不好。"

我们和父母的联系以前总是用社教家的固定电话。我有事了，就打社教家的电话，让他们去喊隔壁的父母。父母有事了也去社教家掏一元钱给我们打电话。父亲很得意地告诉我们，再要紧的事，他打电话都不超过两分钟。超过两分钟就要两块哩。

我和二哥、妹夫都说给家里装个电话吧。母亲首先反对，我们又没有多少要打电话的事，安那个电话打不打一月都要缴13元的（月租10元，来电显示3元），有那13元能灌（买）三、四斤油的（当时的油价也才三四块钱）。父亲也说："我们现在身子骨还硬朗，没那个必要。有事了就去社教家打个电话，社教不在，亚朋家也有电话，就是多走几步路的事。"这事就搁下了，一搁就是几年。

前几天回家，看到母亲的病腿，看到父亲蹒跚的脚步，我的心一沉——父母确实是老了。而我们还因为生意、因为正上学的孩子而不能伺奉在父母的身边。我坐在灶房，看母亲一把一把的把从地沟里搂回来的树叶往灶门里填。先是一股烟，再是一股火，然后是母亲眼里的泪水。我说："妈，就不用烧柴了，用蜂窝煤吧。"母亲说："今年的蜂窝煤四毛五哩。"我说："那用电磁炉吧，我爸不是买了电磁炉嘛，农村电费又不贵。"母亲说："你爸笨手笨脚的，那不安全。那东西就是过年了你们回来用一次。"我和母亲拉了好多无关疼痒的话，我感觉到母亲很开心。母亲给我打了两个荷包蛋，又掰开很硬的锅盔给我泡到碗里，说是几天了，知道我爱吃，每次做好了，都要多放几天，看我是不是能回来。我吃着母亲给我做的荷包蛋，眼泪却不由自主地滴落在碗里。我在心里说：这次回到县上一定给父亲买一部手机，最便宜最实用的那种，年前对门小刘不是给他父亲买了一部诺基亚，才 280 元的。我们一个月的零花钱都不止这个数。

我把这个意思对父母说了，他们都反对，理由是，不会用。我知道真实的原因还是舍不得花钱。

回到县城，我把我看到的父母的情况跟妻子说了，妻子也唏嘘不已，说我们这几年光顾了自己的生活，对老人关心是太少了。我说了给父亲买手机的事，妻子很支持，说："早该买了，我们略微少花一些，都有老人花的。"晚上关了门，我和妻子去了西门诺基亚专卖店，同样的型号人家最低落到 300 元。我说："有人买了我才来的，就是 280 元。"卖手机的人说："去年是 280 元，今年物价涨了。"我说："涨的是吃的，是进口的。"妻子拉了我说："再转一转，一会儿再来看啊。"我们又走进芙蓉通迅，促销员极力推荐一款金立手机，说是名牌手机，699 元还送一台电磁炉的。我心热了。妻子过来看看，说："字太小，键盘也太小，老人眼睛不好，用着不方便。"走出芙蓉通讯，进了一家熟人开的手机维修店，一眼看到柜台里有一款我们要找的诺基亚手机。熟人说，那是一部二手机，成分绝对好，没打开过的。我们说给老人买的，他说你拿吧，给你算 180 元。

第二天我办了张神州行卡，把电话给父亲送回去。我看到父母虽然嘴上埋怨，喜欢和满足却写在脸上。我对父亲说："你只要记着红键和绿键就行了。红键按住就关机，再按住就开机；电话响了，你按一下绿键就能接听电话，你要打电话了，就按数字，按完了，按一下绿键就能和对方通话了。"我还对父亲说："右上角那个键是扩音键，通话时摁一下，声音就大了，能听清楚。"我用我的手机给父亲打电话，让父亲接；我让父亲拿他的手机给我打。父亲会打、会接了。父亲笑得合不拢嘴。我说："爸，你的手机就不要关机，晚上就放在炕头旁边，有个头疼脑热的就给我们打电话啊。"

父亲把买电话的钱给我，230 元钱。我说："不要，坚决不要。"父亲说:"你不要钱,我也不要手机了。你大人小娃都住在城里,城里花销大,一根葱都要花钱买哩。"母亲拿出100元的票面,硬要塞给我,说:"这是你妹子过年时给我的,你拿上,把你妻子过年给我和你爸买衣服的钱也收了。"我说:"那是你儿媳从深圳打工回来给你的一点儿孝心,还要钱啊?"母亲说:"她就是啥都不买,只要有心就行了。你们娃大了,要花钱,这些钱拿上。"我说:"妈,你这钱我说死都不会要的。你就不要再为我们操心了。你和我爸年龄大了,要多小心,注意自己的身体。你们身体好了就是我们的福份啊!"

写完这篇文章,我的心情很沉重。父母总盼着儿女长大、有出息,儿女长大了,出息了,父母就老了。做儿女的又开始操心自己的儿女,关心父母倒少了。我要给父亲打个电话,我要听一听父亲的声音,听一听母亲的声音,从声音里听出父母的健康来。

山的儿子

我常常为生在山里而遗憾呢。

我9岁那年，家乡遭年馑。父亲在60里外的更深的山里教书，家里只有我和不满周岁的妹妹。我那时不懂事，总是嚷饿。现在想来，母亲当时总是偏向着我的，一碗能照出人影的包谷稀饭，母亲还要把碗底的包谷糁滤出来给我。妹妹很能哭，整日除去睡觉就是叼着母亲干瘪的奶头哭。每到春季，政府会从外地调来一些救济粮，只有困难户才能分到。因为父亲是公家人，自然是没有份的。为这事，母亲和父亲吵了好几次呢。父亲每次回来母亲都劝他："不要教书去了，回来种地吧。"她说，"家里有人挣工分，就是收不下粮，总会分到救济粮的。"再说，教书每月28元钱，那年月，顾自己都顾不过来呢，还要养活一家人啊。父亲到底没有回来，他还是到60里外的深山里教书去了。他说，他放心不下那40多个学生娃。

隔壁"气死牛"爷爷孤身一人，很穷。春冬两季他都要去山外要馍馍（我们这里人把"讨饭"叫"要馍馍"）。母亲很贤惠，常给"气死牛"爷爷缝缝洗洗。"气死牛"爷爷有一对牛一样的大眼睛，嘴边的黑白相间的胡子在说话时一抖一抖的。爷爷每次从山外回来，总要匀一些讨来的干馍馍给我们母子。爷爷送过来的时候，馍很硬，放到嘴里一咬，"嘣嘣"直响。爷爷总是说"小心把牙扳掉了"。果然那一次，就把牙磕掉了呢。爷爷把我拉进他的怀里，摸着我的头说："别馋。等你妈把馍弄热，那才好吃呢。"我就偎在爷爷的怀里，一边听他讲山外的白馍馍，一边瞅着锅盖，盼那白白的热气儿快快冒出来。我不明白，想要让气儿冒出来，为啥却把锅盖的那样严实？有几次，我趁母亲不在，用力把沉重的锅盖掀动，想露点缝儿，但都没有成功，母亲打了我的屁股又把锅盖严了。

坐在爷爷怀里，我就问："山外是什么样子呢？"爷爷说："山外没有山，有的是一眼望不到边的大平原。""平原是啥？"我又问。爷爷也说不上来，就这样回答我，反正没有山。但一定有白馍馍的，这我知道。白馍馍是平原上长的，我们这儿有山，没馍馍，山外没山，有平原，有馍馍。

我对母亲说："我跟爷爷去山外要馍馍吧。"母亲说："小孩子家别胡说。"我去求爷爷偷偷带我出去，爷爷说："乖娃娃，你去了会丢你父亲的脸的。"可我总想着，我要去山外。

后来长大了，想起小时候的事，暗自好笑。每每从电影里看到"大铁牛"在广阔的田野里耕作，看到那一望无际的麦田，就想起小时候的梦，平原真大，也真美！大人们说，山外就是那样。我就想，什么时候才能去一趟山外，看看平原呢？

那年暑假，因为学习上的事，我去了西安。汽车翻过秦岭，放眼望去，绿色的包谷地像无边无垠的大海，平展展的。微风过处，掀起层层的波浪，一直延伸到远方。这就是平原，这就是我朝思暮想的山外！我只能在心里喊，怕周围那些鄙夷的眼光。小心的把车窗打开，把头悄悄伸出窗外，贪婪地饱览这向往已久的平原。

住宿安排好以后，漫步在钟楼下面，看着来来往往的人流，一张张陌生的面孔，我的心里忽然好像遗失了点什么，郁郁寡欢起来。不知怎的，竟想立刻就坐车回去，回到山里，回到母亲身边。

那一夜，我做梦了，梦见了家乡的大山，家乡的小河，家乡的小路，还有白发飘飘的母亲，三间烟熏火燎的土房……

早晨起床，同学们都在谈着路上的趣闻，说东道西，彼此熟悉起来。我却趴在床上给母亲写信。信写了两页半，我就落了三次泪。在信中，我这样说："离开您，才想到您的慈爱。正如离开了大山，才感觉到大山的美好一样！"

因为，我是大山的儿子啊！

记忆深处的冀寨

冀寨是我母亲的出生地，也是我小时候的乐园。

我记事的时候，也就是 10 岁左右，在冀寨上小学。我家和冀寨也就是一岭之隔，我常常在放学的时候或者天都快黑了穿过仄仄的巷道，来到我外婆的家。冀寨是一个四周高，中间低的洼地，下雨的时候，水从巷道里漫流，牛和狗的粪到处都是。天晴了，这流水的巷道就是村人的道路。巷道两边是院墙或者房子的基础露出的原生石，无规无则，没棱没角，在石头的缝隙长出密密的野草或者绿苔。在巷道我见到最多的是山墙上用两片瓦做成的烟筒和屋脊下用两三个胡基撑起的窗口。遇到做饭时间就从这两个地方冒出炊烟。袅袅的炊烟给人温暖，给人欲望。看见炊烟，我就仿佛闻到了外婆的饭菜之香，加快了脚下的步伐。外婆在我的记忆里是一个低矮的小脚老婆婆，粗糙的灰白头发在脑后挽个髻，核桃皮似的脸上总是充满慈祥。我外婆一个人过，住三间大瓦房。那是我外公跟随母亲改嫁到冀寨后自己盖的房子，我外公在我母亲 10 岁时就逝去了，这房子后来就是我大舅住。我大舅因为孩子多，光景过不下去，后来举家迁到山西临汾，这房子当时就我外婆一个人住。

冀寨的标志性建筑我以为就是村子中间的炮楼。那是冀寨唯一的大户人家，解放后定为地主的"吹牛的"老先人修盖的。我曾经问村里的人："为什么都把房子盖在洼地里，房子的朝向也不规则？"回答说："旧社会土匪多，住得集中就相对安全一些。"要这么想，这地主家的炮楼也保障了冀寨百姓的安全啊。

我说："这炮楼和现在的烤烟楼倒蛮象的，只是炮楼保证了炮楼主人和村里人的相对安全，烤烟楼给村民带来了可观的经济收入。"村里人说：

"你现在见到的炮楼已经不是原来高度的炮楼了。原来的要比现在遗留下来的高得多。"村里人还说:"炮楼的顶部在文革中破坏了,现在是在破坏了的基础上戴了个帽子。"我在想,这有炮楼的房子当年分给了两户贫苦人家,他们的后辈也是穷,连家都没有成。如果他们有能力盖房的话,这老房子和炮楼就不会保存到现在了。

我转到炮楼的前面,看到蹲在房檐底下,捶布石上的人喊我。是我小学的同学水民,就走过去,问:"你在这儿住啊?"他回答说:"左手两间上房,一溜厦子是我的,右手两间有炮楼的上房是海怪的。"我才知道原来那两家贫苦的人家是他们两个的老人。我看到海怪的单扇门挂着锁子,也没问人到哪儿去了。看着我的同学老瓷碗里的糊涂面,脚前地下一个掉了瓷的搪瓷碗里的青辣椒,问他:"老人还在吗?"看着敞开的厦屋门。他回答:"去年就过世了,正月初五那天。"他问我:"还在县上吗?"我说:"在。"我看到他身后那扇做工精细的格子门,四扇的,上部还保存有四扇雕花,很美。我就问:"这是解放前的吧?"他的眼睛一下子亮了,说:"是的,前几天有两个外地人要买我这扇门,看了,说是可惜了,门格子上的花被撬了就不值钱了。"我问:"花?"他站起来,给我指门格子上花儿被撬的痕迹。我说:"便宜点卖了也好。"他说:"我不卖!"

离开炮楼和水民,我徜徉在冀寨村仄长的小巷里,凌乱的房子间,我发现这个村庄在无意间保留了好多上世纪六七十年代的东西。比如土门楼,门扇上面的"忠"字,房子后墙上那个年代的标语……

最有特色的是各种各样、各个时期的不同材质、不同造型的门楼,这在如今的乡下已经很少见到了。我特意多拍了好几张不同风格的门楼,从中也可见到时代的变迁。

在破败的老房子的后墙,我拍到了在白灰的墙上用红土做颜料书写的"自力更生,艰苦奋斗"这条激励了无数中国人的标语。它距今最少要30年了。在另一面墙上,我拍到用灰书写的"愚公移山,改造中国"的标语。同样的,在另一面墙上我拍到已经不很清晰的"深入开展农业学大寨的群众运动"。看到这些用最原始的工具写在最原始粉底的展台上，但功力却深厚的标语，我仿佛能感到当年的气氛，闻到当年的气息。

　　走进冀寨，就是走进过去的岁月，那个岁月，有贫穷，但更多的是令人深思！

第一辑　倒塌的老房子

半个苹果的爱

第二辑
家有贤妻

半个苹果的爱

家有贤妻

家有贤妻，是现在才有的感觉。

15 年前，当我们从快乐幸福的恋爱走向圆满的婚姻殿堂后，生活中的磕磕绊绊便随之而来，快乐和幸福不再拥有，有的是烦恼和忧虑。先是在家伺弄一亩三分地。从 7 岁开始上学，到 20 岁高中毕业，到去西安学一门手艺，到学成后结婚生子，对于种庄稼实在是一个门外汉。包谷苗株距一尺，村人笑掉大牙；锄草不是打坏叶子就是连根削断。妻就发狠，我就不愿听，就争嘴，争多了，就吵架嚷仗。占嘴的一句话是：你能行你就干嘛！

到了 1993 年，去镇上卖小吃。在大街上洗锅抹碗，脸上就挂不住，低了头做活儿，心里却在憋气：这是男人干的活嘛？妻就看不惯，说："男人咋了，男人也是人，男人也要生活，男人更要挣钱养活老婆孩子！"活儿终究还是做了，不管情愿不情愿。少不了和妻子眉高眼低，生气绊嘴。

男人也想和电视剧中的男人一样，很潇洒地工作，很潇洒地享乐，很男人气概地支使女人……可男人没有电视剧中男人的本事，在生活中冲来闯去，在山里山外摸爬滚打，到头来还是只能开个夫妻店。

认命吧！男人想。在县城买了一套商品楼，在市场开了一家鞋店后，男人思前想后，忽然悟出了一个道理：家里就三口人，孩子小，又在上学，一揽子的家务，妻子不做就要男人做，妻子累了，男人就该做，没什么可报怨的，也没什么丢人的。想通了，洗衣、做饭、洗锅、抹碗……做得轻松，做得情愿。妻子高兴了，有空了就帮忙。往日的争吵不见了。家和万事兴，我们的生意也愈来愈好。一年多了，从没和顾客吵过一次架，回头客就多。有人就说："你们两口人和气，就是多掏几元钱也愿意到你们这儿来买！"

大多数时候，妻子做生意我做家务。周围人调侃："你真是模范丈夫啊!"我大方地笑，然后理直气壮地说："时代不同了，男女都一样，女同志能干的事男同志也能干!"

　　思维方式改变了，幸福和快乐又回到了我们身边。孩子高兴，妻子高兴，我也高兴。我忽然发现，妻子并不是蛮不讲理，胡搅蛮缠的人啊! 相反，她是那么善解人意。

　　家有贤妻，我现在才有了感觉。

我陪老婆逛超市

前两天，老婆就说："东街文平超市一周年庆，搞活动，东西便宜，你陪我去逛逛！"

我借故推掉了。

这天晚上，刚一回家，老婆就说："走，去文平超市！"不容我推辞，就拉了我走。

来到文平超市，看里边人真多，付钱都要排队呢！奇怪的是，每人手里都拿着食盐，一问才知道这儿的盐卖五角钱。超市有规定，每人只能买两袋。

我说："老婆，你去逛吧，我在门口等你！"她不，非要我和她一起逛。穿行在超市琳琅满目的货物中，老婆拿起手套问："多少钱？"

回答："25 元！"

"没便宜啊？"

回答说是贴了黄纸条的是特价货。

就去看那贴了黄纸条的。食盐，原价 0.8 元，特价 0.5 元；洗衣粉原价 1.9 元，特价 1.6 元；火锅料原价 5.00 元，特价 4.90 元；酱油原价 5.40 元，特价 4.80 元……转了一圈，没有什么可买的，老婆就拿了两袋盐，两包洗衣粉，一袋火锅料；又硬往我怀里塞了两袋盐，两包洗衣粉。要付钱了，门口已站了一二十人的队伍，就只好规规矩矩地站到队伍后边。看那站在前边的人，上了年纪的女人居多，人人手里都拿了两袋食盐，洗衣粉之类，就感叹老女人会过日子。这样想着，就想到了自己，我不是也站在这儿吗？就偷偷笑了，笑过之后是不自在，堂堂一个大男人为了节省 1.20 元钱，却要在这儿转半小时，又站半小时的队，值得吗？

恨恨地走出队伍，把手中的货物放回原处，一身轻松地走出去，心里正高兴呢，老婆从后边撵上来，冲我吼："你以为你是谁呀？百万富翁还是人民公仆？你什么都不是！你清高什么？"

是啊，我清高什么？我什么都不是！

我只想赶快回家，写一篇文章《我陪老婆逛超市》。

生日快乐

似乎一个月前，我的 QQ 空间接到很多朋友的生日祝福和贺卡。网络上的朋友不曾谋面，我们只是文字里的交往，我们的友谊建立在相互热爱的文字里。这样的纯粹的友谊让我们的生日祝福更加圣洁和美好。

我在感谢朋友美好祝福的同时，内心有一点小小的遗憾。朋友们哪里知道，我真正的生日不是身份证上的 1 月 14 日，而是农历的 3 月 24 日啊。

这一天，我还在被窝里，早起上学的大女儿就冲我说："爸爸，生日快乐！"我这才想起今天是我的生日，不禁一阵激动。

孩子们上学去了。我和妻子起床、洗漱，然后背了羽毛球拍去体育场锻炼。8 点，开了门市部的门。妻子说："你看门，我去菜市场买点菜。"就要走了，又转过身，问："你想吃啥啊？"我说："不吃啥。"又说啥都行。妻子不会说生日快乐，但妻子买了一袋子一袋子的菜，红的、绿的、荤的、素的。我开了电脑写《谁还记得我的生日》，妻子就开始在厨房忙了。

小女儿放学回家，看见我在上网，就趴在我耳边说："爸，让我用普通话说还是用咱地方的话说啊？"我不解。看着我迷惑的表情，女儿忽然用普通话说："爸爸，生日快乐！"

我的心里甜蜜蜜的。虽然这只是一句再普通不过的话，但在今天，从女儿的嘴里说出，我真的感到了幸福和满足。

吃过饭，大女儿要上学走了，问我："爸，你要啥，我给你买。"我说："啥都不要。好好学习，等你长大了，有出息了，自己挣钱了再给爸爸买。"可是，这个现在还要花我钱的女儿，放学回来，手里却提着一个生日蛋糕。我说："买那干啥啊？"心里说：这该是孩子攒了多少天才从嘴里省出来的钱啊？女儿说："我钱少，这个蛋糕不大。"

我说买那干啥，嘴里是埋怨，心里是感动。女儿长大了，终于知道心疼人了。

　　生日这天，女儿特别乖，特别听话。妻子也不让我下厨，一个人在厨房择菜、洗菜，杀鱼、剁鸡，淘米、蒸饭。等孩子们下午回家，一桌丰盛的宴席就做好了。

　　开饭前，妻子说："给你老先人抛洒三点，你过生日，也让他们高兴高兴。"我用筷子点了菜、点了酒、点了饭，向空中抛洒。希望我冥冥中的先人保佑我们全家快快乐乐！

　　生日快乐！生日快乐！祝你生日快乐！

　　女儿们轻轻地哼唱，把我们多年的辛苦抛到了九霄云外。幸福溢满了整个房间，也把我的心充盈的满满的。

　　生日快乐！

女儿今天上网校

前几天，女儿从学校回来就嚷着要上网校，说是他们班上杨柳青上了北京四中网校，平常在学校学习很轻松，考试成绩还好。不像她，在学校学很刻苦，成绩还一个劲往下溜。又说，马上面临中考了，成绩赶不上，心里着急啊！

昨天下午一回家，女儿就说，他们班上的那个男生又骂她了，说她在商州混不下去了，又回了洛南。女儿就很委屈，要哭的样子。提起这件事，我的心都在颤。今年暑假，我们把女儿送到商州双语学校，那是一所封闭式学校，教学质量相对要好得多，学费自然就高。入学试都考了，女儿没问题。10 天补课结束后，就要正式入学了。这时候，我出事了。妻子忙前忙后，也顾不上孩子的事，就又转了回来上学。

我对女儿说："只要你有信心学习，明天我就给你办！"

女儿说："肯定有信心！我原来的成绩都是拔尖的。"

这我知道，女儿从小学一年级起，就一直是班上的学习委员，在学校是好学生呢！就是上了初中后，课程拉下了，学习很有点吃力。

今天早上，我去了北京四中网校洛南办事处，详细了解了四中网校的情况。北京四中是我国国家级重点中学，在办学过程中坚持"四高"，即办学目标的高标准；培养目标的高层次；师资队伍的高水平；教学质量的高要求。北京四中历年来高考升学率 100%，95% 的学生超过全国重点大学录取线，其中 50% 左右的学生考入清华、北大。2001 年 4 月北京四中与TCL 信息产业集团和南洋教育发展集团等合作，正式成立了北京四中网校。网校在四中的领导和监督下有着过硬的教学资源和教师队伍，有很强的技术实力和推广渠道。北京四中网校 2004 年高考复习内容知识点命中率100%，题型覆盖率几乎达 100%，直接命中试题占到 70% 以上。

真是不听不知道，一听吓一跳。我倒后悔给女儿办迟了。立马就交了1200元钱，拿回了"网校学习卡"！

女儿放学后还在给我做工作，说那位同学的家长好，给孩子买了电脑，上了四中网校；又说，他们班上那个同学原来学习不好，去年上了网校后，今年考试成绩是全班第六名。我故意等她说完了，从书中取出学习卡，在她面前一亮，说："你看，这是什么?"

女儿一把夺过去，高兴地跳起来。

我说："把该给你的都给你了，你要好好学啊!"

女儿说："那当然!"

女儿谈钱

吃中午饭的时候，大女儿放学迟，还没有回来，只有我、妻子和小女儿。边吃边谈，话题不知怎么就谈到挣钱上去了。

妻子说："今年这生意淡，像这样下去，生意真做不成了。"

我说："是啊！今后花钱得仔细一些呢。"

妻子就说："明年开年，你在家给咱把门市部招呼了，给娃把饭一做，我去广东打工去。"

女儿说："你？谁要你呀？"

妻子说："多的是。你外婆家大姐在广东一家工厂当经理呢，还愁给我找不到工作？"

我想起早上看过的一则征婚广告，就笑着说："你不用出门了。我出去，一年保证给咱拿回一百万。"

妻子笑笑没言语。女儿嘴一撇："就你？一百万？我看连一万都拿不回来！"

我说："你不相信？"我说着，就去找早上看过的那本杂志。我翻到那则"征婚启示"，清了清喉咙，说："你俩听着：'悲情女冷菲，29岁，1.60米，大专，清秀丰满，温柔甜美，自营大型建材公司，年收入过百万元，因夫商务去国外多年不归离，随岁月流逝，空落伤情的她，诚交一位健康朴实普通内地男圆梦，本人亲谈并协约付部分定金，事成付88万酬金并常交密友（其他不限）。资料绝对真实，负法律责任。'"

我念完了，妻子笑着说："哪能呢。骗鬼吧！有那么多钱，还找不到男人？"

我说："咱不想那么多。以我这堂堂一表人材，又写得一手好文章，把我出的诗集、发表的杂志都拿上，保准能行。不就给咱把那近百万元拿回来了吗?"

妻子问女儿:"你说行吗?"

女儿说:"不行!"

我说:"咋不行?我冬天到海南去住,夏天回来住。你和你姐、你妈啥都不做就有钱花,还不好吗?"

女儿还是说不行。

我又说:"一百万啊,我和你妈就咱这生意要做一百年才能挣下!"

女儿说:"别骗人了。"

这时候大女儿也回来了,我又把这个事给大女儿说了,大女儿上初中三年级,只是笑。

我说:"兰兰!"这是小女儿的名字,她上初中一年级。"你咋说不行呢?"

兰兰说:"不是说行不行。是那钱不能花!"

"咋?"

兰兰说:"那钱脏!"

我和妻子都愣住了。

贴在手机上的照片

女儿从学校一回来，就喊："饭好了没有？我有事！"

锅里蒸的米饭、红薯、洋芋早好了，妻子正在给做火锅呢。

女儿就等不及，拿了白生生香喷喷的洋芋吃起来。这时候，女儿的同学，也是她从小学就一直好到现在的好朋友常莎、王雪梦、申丹来了。女儿就取了洋芋、红薯让她们吃。这些生在城里，长在城里的孩子对鸡鸭鱼肉不稀罕，倒是喜欢吃这从乡下捎来的土产，个个吃得兴高采烈。

菜弄好了，这些孩子却一口也不吃，就嚷着快走快走！

女儿就扒拉了两口米饭，和她的朋友们匆匆走了。

晚上回到家，我正在上网写东西呢，女儿回来了，先是对她妈说："你看我的像照得好不好？"又说，"妈，我给你贴到手机上，你出门在外想女儿了，就可以看到我！"

我听见妻子很开心的笑声。

不多一会儿，女儿就走过来，说："爸爸，你看我的照片好吗？"

我头也没抬，就说："赶紧写作业去！"

女儿也不急躁，又说："爸爸，您看看嘛！"

我不得不停下来，看女儿的照片。真是不看不知道，一看吓一跳。女儿的照片不是传统的那种，而是像小学门口卖的小贴画一样的。美丽、漂亮、时尚……

我瞪大了眼睛："这是哪儿照的？"

女儿说："哪儿都可以照啊！"

我就感叹自己的孤陋寡闻，跟不上时代。

女儿就说："爸爸，这叫'大头贴'，是现在普遍流行的一种照相方式。相片边上的花纹、图案你可以自己选。看这张好看吧，我把它贴到您的手机上吧！"

我说："好啊！也让爸爸常敲打敲打你！"

女儿笑了："我是让您别忘了给我钱！"

我也笑了。

女儿趁机说："爸爸，你下来，让我玩一会儿电脑！"

这鬼丫头，原来是早就没安好心呀！

我说："去去去，看书去！"

女儿噘嘴了："爸爸，不要那么不尽人情吗！"

我看她硬缠软磨的功夫，只好乖乖下来，把电脑让给她。

女儿坐到电脑前，打开 QQ，冲我做了一个鬼脸，就和好朋友聊天了，再也不理我！

回到卧室，我看着妻子手机上女儿的照片，妻子看着我手机上的照片，我们俩都笑了。是啊！风风雨雨十几年，坎坎坷坷走过来，唯一的收获就是越来越长得漂亮、越来越懂事的女儿啊！

女儿月考没考好

吃晚饭的时候，大女儿说："我这次月考没考好！"

妻子就问考了多少？

女儿说："数学没及格，才36分。"

我就燥了："你咋考的？平常就知道上网聊天！"

女儿就不高兴。妻子又说："你也总结总结，为啥考得不好？你原来不是这样的呀！"

是的，女儿上小学的时候一直是学习上的尖子，在班上一直是学习委员，成绩一直是年级前十名啊！就是上了初中，课程给拉下来了，但也没有这次考的这样惨啊！上次月考成绩还是班上14名呢！

上小学的时候，考不好我和她妈还可以骂，着急了还可以打。现在呢，说的重了她不爱听，说的轻了她左耳朵进右耳朵出，你说气人不气人？

唉！女儿大了，有脸了！

妻子说："我们现在也不再说你，你自己想想吧！该给你花的钱我们给你花了，该给你说的话我们给你说了，你的前途是你自己的，你将来是坐办公室还是回来卖鞋你自己决定吧！"

女儿一声不吭，拉了个不高兴的脸子。

我刚说了一句："你今后少上网聊天！"

女儿生气得把筷子往碗上一摔，说："知道了！"

我一下子生气了，正要发作，妻子在桌下蹬了我一脚，我只有忍气吞声了。

晚上，女儿去学校上晚自习了，妻子在她的梳妆台上发现了女儿留的条子：

爸妈：

你们好！

今天吃晚饭时，我心情不好，所以才和你们说的不愉快——这次考试我发挥失常，成绩出来我十分吃惊，也非常惭愧。请你们不要再生气了。我今后会努力的！

对你们说声对不起！

妻子没说一句话，我也没说一句话！

但愿女儿下次月考能考好！

也愿女儿心情好！

直面人生的挫折

女儿晚上下自习回到家就哭，眼睛红红的，很委屈的那种表情。我说："怎么了？"女儿拉着哭腔说："我不上学了！"

"啥事情嘛？"

女儿不说，只是哭。我说："好了，不说就不说了。去洗个脸，早早睡去。"女儿顺从地去卫生间洗脸、洗脚，去她的房子睡了。眼睛闭着，鼻子还在一抽一抽的。我知道女儿肯定在学校受了委屈，她不说有她不说的理由。让她先冷静下来吧！也许，睡一晚上，到明天就烟消云散了。

早上6点，闹铃响了。我喊女儿起床。小女儿起来了，问我："叫我姐不？"我说："叫啊！"可是，大女儿就是不起来。我这才知道，女儿确实是受到大的伤害了。我想，我必须到学校去一趟了。我起床，走到女儿的床前，揭开女儿蒙在头上的被子，女儿的两眼睁得大大的，满眼里是茫然和无助。我说："起来！我和你一起去学校！"

女儿脱口而出："不！你不要去！你去了，让我今后在学校咋活呢？！"

我说："怎么了？老师批评了，还是同学欺负了？"

她这才告诉我，坐在第一排的张静要和她换座位，她有点儿不愿意，毕竟她在现在的座位上已坐了两年，同桌、周围的同学，包括桌子上的贴画都有了感情。在搬书时她流泪了。好朋友李红蔚就过来问她："鸭子，你怎么了？"

女儿说："张静让我和她换座位，我舍不得我的座位啊！"

好朋友就说："她张静也太狂了！我找人收拾她！"

女儿就赶紧挡："算了算了！"

有人听到了她们的谈话，就告诉了张静。

下自习了，女儿的新同桌告诉女儿，张静和几个男生在学校门口等你呢！女儿就很害怕。女儿的朋友知道了，都来和女儿站在一起，说："不怕！有我们呢！"

出了校门，果然看到几个男生和张静站在那儿，女儿走过去，对张静说："我没有说要打你啊！"

就有男生冲过来，很横地挡在女儿面前："你想干什么？"

女儿说："我就想把话说清楚！"

那几个男生就骂骂咧咧说一些不干不净的话。女儿就委屈地哭了。

女儿讲到这儿，眼睛又红了，说话带着很重的哭音。我说："我要和你的班主任谈谈。"女儿说："不，你和老师说了，老师把他们找去批评，他们当面不说啥，回来后我的日子更不好过了。"我一想也是，就开始做女儿的工作。

我说："孩子，你才碰到一点点挫折就这样，以后咋办？要知道人生的路很长，要遇到的挫折还很多。我们要学会面对啊！"

女儿没言语。

我又说："你现在要做的不是去和谁面子上争高低，你要做的是在学习上一定要赶上和超过别人。只有拿出好成绩了，别人才服你，你才有面子，你才能找回你的尊严！"

女儿点了点头。

回到书房，我找到昨天才看过的《读者》，从中找到刚刚感动过我的人生感言，我工工整整地抄下来，放到女儿的枕边。

那句话是这样的：

说我，羞我，辱我，骂我，毁我，欺我，骗我，害我，我将何以处之？

容他，凭他，随他，尽他，让他，由他，任他，帮他，再过几年看他！

这是云南"钱王"王炽领悟出的商道

其实，商道也就是人道啊！做人处事更应该如此！

女儿，你好

这个冬天的第一场雪终于纷纷扬扬地飘落下来了。下雪的日子，我刚刚去西安给女儿送了被褥，把 16 岁的女儿一个人孤零零地丢到几百里之外。这一天是 2006 年的 12 月 7 日。

在这个冬天里，我下了很大的决心，想给女儿找一个全封闭式的学校，也是对去年因为我的原因女儿没有在"双语学校"上成学的一个补偿。我先是去了蒲城，再去了富平，考察了蓝光学校，但是很不理想。就在我要回家时，朋友来电话说西安西郊有一所群星学校，是和西安市名校远东一中合办的。我去看了，学校环境还不错，教室和公寓都有暖气，食堂伙食花样也多，管理也很严。回到家和妻子、女儿商量了，女儿就一心想去。女儿是一个很聪明的孩子，上小学成绩一直是全班前三名。上了初中因为好动，自制能力差，学习成绩就下滑了，中考时没有进重点中学。眼看着她的成绩一路下滑，考大学的希望越来越小，我就很着急。女儿不是学不会，是课堂下的巩固没跟上。女儿自己也说她的自制能力太差了。女儿才刚刚上高一，现在管还能来得及，要是再拖一年半载，就一点希望都没有了。

于是，在这个冬天里，我带了女儿去了几百里之外的异乡。

星期六中午，我给女儿打了电话。我知道，现在的学校里，大多数学生和老师都回家了，只有我的女儿第一次一个人在他乡度过，连一个熟悉的人都没有。离开她时她对我说，整个公寓就她和另外一个宿舍的一个女生不回家。那个女生她也不熟悉——女儿到这个学校还不到一周啊！

电话里，我问女儿："西安下雪了吗？"

女儿说："没有！"

我说："天冷，注意身体。在外边就你一人，要自己照顾好自己。"

女儿说："我知道！"但我分明听到了女儿说话中带着哭音。

我说："想家了吗？"女儿说："想！"我听见她哭了。我的眼睛一热，声音也抖起来："孩子，不要哭，要坚强！你已经 16 岁了！为了你的学习，为了你的将来，挺一挺就过去了。你才过去，过一段时间就好了。"

女儿说："我知道，可我就是控制不住自己。我想家，想爸爸，想妈妈，想兰兰，想我的同学。我想哭。"

我握着电话一时无语。那一刻，我有些后悔把女儿送到那么远的地方了。

我说："孩子，咬咬牙，坚持一下，不就是三年吗？坚持下来，为了你的前途啊！"

女儿说："爸，三年啊，我要离开你们三年啊！"

电话突然挂断了。妻子重拨了不下 10 次电话号码，都未接通。我就很着急。不知道女儿怎么了。半个钟头后，女儿的电话打过来，说她们宿舍的电话线断了。她修不好，去了楼下公话，值班的人不在，她等了好长时间。想着女儿一个人站在冷风中的样子，我的心好疼。我说："好了，快回宿舍，小心感冒。"女儿说："我已经感冒了，不过不要紧，就是流鼻涕。"

妻子就接过电话，嘱咐女儿赶紧去买药，又说，不行就去打一针。

礼拜天，我店里的生意特别好。我还是在没有顾客的间隙给女儿打了电话。女儿告诉我她到学校对面的市场去了。我说："你吃过饭了吗？"女儿说："吃过了，是泡的方便面。"我说："咋不在市场买点儿吃？"她说："那地方的饭看着都不想吃。"

我就说："还是要吃好。不要总是吃方便面。你要明白你的目的，受那么大的罪，目的只有一个——把学习搞好！"

女儿说："爸，我知道！"

一个男人

最后一篇苦难日记，明天，我就要开始新的生活。但愿明天会更美好！

一个男人，经管两个女儿。男人要做生意还要给两个正上学的女儿把饭按时做好。大女儿很挑剔，早餐2.50元吃不饱，她妈打电话说让给4元。男人嘴里应着心里说，早餐也就是打个牙祭，应该够了。说不够一是乱买东西，二是吃零食。但还是加了，10元四天改为10元三天。中午饭菜不合口味不好好吃，下午吃干饭、米饭、蒸面，汤面肯定不吃。男人没办法，有了剩饭自己吃，给女儿做新鲜的。

女儿放学一脚踏进门就喊，饭做好没有？男人大多时候已经坐在门口的椅子上看书了。男人头也不抬，说，抄（端）菜。就不再说话。小女儿一手端了用搪瓷碗盛着的菜，菜是蘑菇炒青菜或者蘑菇青菜烩豆腐。很少吃荤菜。一是女儿不喜欢吃，二是男人也不愿意买……男人的生意今年不好，总在心里对自己说，省下的就是挣下的。女儿另一只手里拿了三双筷子，一双红色的是男人的，两双白色的是女儿的。手指头上挂的方便袋里永远是2元钱的馒头或者烧饼。随后走近的是大女儿，一手端一碗稀饭。人没到声先到，快快快，手都烫死了！

女儿早上6：50到校。男人的手机定在5：50开机。闹铃定在6：00。贪睡时间是10分钟。6点喊，兰兰起床了！兰兰是小女儿，这是预警。过10分钟第二次闹铃响，再喊兰兰起床！亚亚起床！这次是吼了。通常这个时候，兰兰开始穿衣，亚亚还在睡觉。亚亚是大女儿，瞌睡却多。总是兰兰已经洗好脸梳头了，亚亚才起床。等女儿收拾好了说掏钱，男人一笑，一边从盖在身上的衣服口袋掏钱一边说："我是上辈子欠你们的啊？"两个女儿同时说："就是！"说着话从男人手里夺过钱笑着拉上门走了。男人再也睡不着了。

男人早上 8 点到门市部开了门就再也走不开。要打扫房子，要招呼进门的顾客，要准备给女儿做饭。买卖成不成，话要说到，心要费到。要上厕所了，跟对面无论谁喊一声，给我看一下门，我上个厕所。对面就有人应声，去吧。没事。果然就没事！老婆出门快一年了，男人一个人守着门市部离不开，要上厕所了就喊对面同样做生意的人招呼着，从来没有出过事。晚上关门迟是没有办法的事，在这里寄货的人赶集还没有回来啊。回到家已经是 7 点了，抹一把脸，倒一杯白开水，坐到沙发上看陕二 7：30 的电视剧，9：30 结束，兰兰刚刚下晚自习回家。亚亚回到家已是 10：40。听到她开门回家，男人才说，回来了，我睡啊。

只有睡着了男人才不操心。但也有睡不着的时候。女儿的衣服没洗，下个礼拜就要换了。小女儿换衣服勤是好事也是坏事。好事是这孩子终于知道干净漂亮了，不用再挂在嘴上喊，洗脸要洗脖子，衣服脏了就要换。坏事是隔几天就要洗衣服，不洗女儿就没衣服换。男人早上 6：00 起床，开了洗衣机，等把衣服洗出来已经到了开门的时间，就不漂洗。第二天再 6：00 起床，再漂洗、凉到阳台上。女儿走时还喊，爸，给我把水烧上，我放学回来要洗头。

碎事、碎事……就是这些碎事让男人觉着自己活得不是个男人。

男人想，明天会美好吗？

这样想着，男人就在心里说，明天会好的！

女儿送我玫瑰花

早上放学回家，女儿一进门就喊："爸，父亲节快乐！"

我从电脑上抬起头，看见女儿手里拿着一支包装精美的黄玫瑰正笑颜如花地望着我。

我一怔，给谁买的？

给你啊？

给我？

是啊！

给我买花？你有没有搞错？我，一个大男人？

女儿说："今天是父亲节啊！"

40多岁了，我是第一次听说父亲节，也第一次得到女儿送的玫瑰花，第一次感觉到这个外国的节日离我这么近。我记得几年前，女儿还在上小学，有一天忽然拿回家一束近乎枯萎的红色玫瑰花送给妻子。还没有反应过来的妻子当时就说女儿，不好好读书，拿那花干啥？女儿说："街上买的，一元钱一支——本来要5元的。"妻子就说："给你钱是让你买早点吃的，谁让你乱花钱啊？"女儿当时就委屈得哭了。女儿说："妈妈，今天是母亲节啊。我看见好多人都给母亲买花了。"

过后，我们才知道，女儿上学时从广场上走过，看见卖玫瑰花的，那花好鲜艳啊，可惜兜里只有三元钱买不起。放学了，看见玫瑰花减价到一元钱一支就用早餐省下的钱买了送给妻子。我们就很感动。

我问女儿："这支花多少钱？"

女儿说："5块！"

我说："你疯了？5块钱可以买一斤肉的啊！"

女儿说："肉什么时候都可以买。这支玫瑰今天过去就买不到了。知

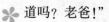

道吗？老爸！"

我一时语塞。

女儿又说："就是明天能买到，也没有今天的玫瑰有意义啊！老爸，你要知道，这不是一支普通的玫瑰，它是我对你的爱啊！是我对你养育十几年的爱的表达。"

看着快初中毕业的女儿，我半天说不出话，眼睛却热热的。

家

2008 年的春天，我应朋友之邀，从陕西商洛坐汽车到湖北襄樊，再从襄樊坐火车到广西来宾。到了来宾的第一天，就知道原来他们在此搞传销，并不是做什么生意，当然了，他们电话里所谓的"很好的生意"也就是"拉人头"赚钱了。我对此毫无兴趣，就去网吧上网。习惯的，我来到"小小说论坛"浏览，在"广西版"我发了个帖子"哪位朋友离我最近？"

很快就有人跟帖了，是老朋友谭旭。他说，应该是我吧，我在象山。欢迎朋友来广西游玩。我对广西的地理并不熟悉，到了来宾也没有买一张本地地图，不知道象山是一个县，还是一个市，或者是一个镇。我在论坛发短消息给谭旭，说了我来广西的真实情况，也告诉了他我的手机号，有事联系。

不久，我就收到谭旭的短信"老哥现在打算怎么办？"我回他"准备回家。"他说："来广西一趟也不容易。桂林山水甲天下，你不妨去桂林看看。"因为这句话，我忽然决定去桂林。

来宾到桂林的火车是上午 12 点多的，到了桂林已是下午 3 点多了。一路细雨霏霏，隔了车窗玻璃，山也朦胧，水也朦胧，手中的相机不停地闪，山也动，水也动，倒有了一种朦胧的美。出了火车站，灰蒙蒙的天空下，桂林火车站低矮、阴暗，站前广场也不大，周边车辆、商店凌乱，完全不是我心中的形象。又累又饿，加上这样的天气这样的场景，我的心情低落到了极点。谁也不知道，更大的打击还在后边。

当我走进一家商店，准备买面包时，我才发现我上衣口袋的钱不见了。忙看左口袋，钱夹还在，可里边只有不到 200 元了。我一下子傻了，游桂林是不可能了。我去车站问回来宾的车票，说是明天 9 点多有，31 元。从来宾到襄樊的火车票是 78 元，还加收 5 元的异地买票手续费。从襄樊到商州长途汽车票是 90 元。这样光车费就要 170 多元的，我身上连一点多余的钱都没有了。我不敢买面包，更不敢进饭馆吃饭。掏 1.5 元买了一瓶纯净水，坐在火车站外的台阶上，我一口一口啜着，脑子里一片混乱。这时候才下午 4 点多，我在想，今晚我要在火车站广场过夜了。

坐了好一会儿，瓶中的水我虽然喝得很慢，也见底了。我起身走出广场，沿广场前面的大街往左漫无目的地走。无心看街上的景致，就这样用走路来消磨时间。天慢慢暗下来。我看到街边有一个旅社打出最低 10 元的住宿广告牌，进去问了，那胖女人不耐烦地说，早没了！我退出来，脸热辣辣的，想起我平常出门从来没住过 10 元的通铺，真是一文钱难倒英雄汉啊。又走了一段路，街上的霓虹灯亮起来，五彩缤纷。可我的心情不在这里。我从火车站的宣传牌里知道，这条大街夜景要到凌晨 2 点，我就是这样逛到 2 点，天亮前的 4 个小时咋办？又冷又饿，不好受啊。我忽然想找一家网吧，上个通宵，最起码人还在屋檐下啊。就问路边报亭老板，附近哪儿有网吧，回答对面就是。于是过马路，走进一家网吧，买了一瓶纯净水，掏 10 元钱上通宵。

那一夜，我想了很多，我想的最多的是家。什么是家，家不是房子，家也不是金钱，家就是你在它那儿，从来就不熬煎吃了这顿没下顿，从来就不用想，我今晚睡哪儿。家就是不用考虑吃和住的一个地方。

第三辑

石门的门

半个苹果的爱

石门的门

从华阴到洛南，汽车在翻过秦岭后，左拐右拐，却总也走不出逼仄的山势。山外的人就说，真是山里啊，穷山恶水。山穷是因为高且陡，成片的灌木，没有一点成材的林木；水恶是河瘦水瘦，做不得水乡风景。公路是一条灰色的线，两边的山势黑森森似乎要挤在一处，给人以压迫之感，呼吸也似乎紧迫了。就在人们的神经已经麻痹了山的压迫之时，眼前忽然出现一座石门，天造地设的一个石门，没有水泥拱顶，没有大理石装点门面。汽车"嗖"地出了石门，眼前一下子开阔了——山像听到某种命令一样，忽然向两边退去，让出个很大地盘做了平展展的盆地。公路两边的田畴呼啦啦伸向远方，紧挨公路的石门河也宽阔了，清冽冽的水面像镜子一样展开。

司机说："到石门了。"

山外人接话："不是刚过石门吗？"

司机说："那是石门的门。"

山外人后来才知道，前面这个开阔的地方就叫石门，是洛南县北出山外最主要的一个镇。石门镇位于洛南县城北 15 千米处，东邻石坡镇，西接麻坪镇，南连城关镇，北依渭南华阴市和华县。自古是商洛通往关中的要道，素有洛南"北大门"之称。

进入石门的门，我们看到清清的石门河两岸，田畴平整，阡陌纵横。镇子以北的北极山，像一尊坐佛肃穆地坐于石门上峪口。同车的本地人就说山顶的祖师庙始建于清乾隆年间，重修于光绪零年，亭台楼阁，飞檐斗拱，雕梁画栋，庙内的泥塑神像气势恢宏，具有浓郁的地方特色。站在庙前鸟瞰，石门川尽收眼底。晨曦初起时分，川道上空雾霭弥漫，如纱如练，是有名的洛南县八景之石门烟雾。山后，曲折回环的河道与横曳斜出的山脉组成了一幅惟妙惟肖的太极图案，人称八卦湾，是石门一大自然奇观。

说到石门的好去处，位于罗家沟的玉虚洞，是黄河以北最大的喀斯特地貌溶洞，洞内莲池清幽，钟乳林立，石流分挂，怪石嶙峋，曲径通幽，或若雪花飞舞，或若葡萄成串，或若牛皮悬空，被誉为"北国奇观"，是洛南最具魅力的旅游景点，慕名的游客纷至沓来，络绎不绝。依托庙沟泉水和玉虚洞修建的金泉山庄，可以观赏花卉盆景、奇石根艺，可以美食、垂钓，成为人们闲暇之余休闲娱乐的理想去处。"云蒙观华"不胜险，罗沟溶洞有奇观，庙沟泉水清又甜，石门烟雾天下传更是名符其实。

进入石门的门，随便走走，感觉镇子南北狭长，东西较窄。镇子外土地肥沃，物产丰富。同行的朋友介绍，石门境内主产小麦、玉米等，经济作物以白麻而远近闻名。林产品以油松为主，还有栋、柏、柳、桐、椿等。中药材有天麻、红参、柴胡、党参、五味子、麦冬等。"畜、烟、果、药、桑"成为强镇富民的主导产业。生猪、肉牛存栏居全县之首，烤烟面积和产值为全县第一。矿产资源丰富，金属矿种有金、银、铅、钼、铁、钨、锰等，非金属有石英砂、二氧化硅等，含量大，品位高，极具开采价值。石灰石藏量丰富，遍布全镇，氧化钙含量达50%以上。绿、黄、红、白四色大理石，十几家企业正在开采。1993年，时任中央书记处书记温家宝轻车简从来到石门考察乡镇企业，这段历史，已经成为石门人顽强拼搏、辛勤创业的精神动力。

进入石门的门，老人们会给你说起石门出过一个大人物叫王伯楚，曾经是台湾金门、马祖驻防总司令；谈到民间文化，他们会告诉你石门镇石门街村七组的王聪芳经过3个多月的努力，制作完成《仓颉造字》麦秆画。这幅画长1.3米，宽1米，画面有仓颉造字的元扈山，仓颉头上的祥光，天上的祥云，日、月、北斗七星、乌龟、河流，以及仓颉造出的28个字，将仓颉在洛南造字的传说表现得淋漓尽致。花卉、奇石、麦秆画已经成了石门文化的一部分，也成了石门人经济的一个增长点。

　　进入石门的门，我们看到的是一个正在腾飞的陕南重镇，一个文化和经济一起腾飞的陕南重镇。

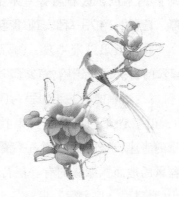

养　石

　　三年前，我在晨跑的时候，于路边荒草乱石中见到一尊顽石，黑不溜湫，黑色中现出或横、或斜、或断、或连的白色脉络。抱起来，挺沉，足有十多斤重。在石的底部有一个小小的平面，故而可以竖起来。石的上部比下部大，又斜斜的，却欲倒不倒，远看着像一尊黑黝黝的山兀拔地而起，独立着，凝重、浑厚、险峻，给人一种安神的感觉。就扛在肩头，回家摆在了客厅。

　　妻子说："搬那么蠢笨的石头回来干啥？孩子不小心撞倒了，把家具都砸坏了。"

　　我说："那是一座山，山岂是孩子能撞倒的！"

　　我就买了一个做盆景的底座，竖了那尊顽石，覆了一层泥沙，浇了一勺清水。到了春天，那盆景的地面竟绿绿的有一层苔藓了。而那尊笨石越是显出一种凝重，有了山的气势。

　　去年夏天，我装修了房子，在于客厅购置了几盆花草，一个鱼缸。鱼缸里，我去河里拣了几块形色各异的石头，有黑色带黄纹如龟之石，有土色棱角如塔之石，也有白色玲珑如兔之石，并撒一层青色的细沙铺底，三五尾红色、黑色的金鱼悠然嬉戏，很有一番闲情逸致。

　　电视机柜上，吉他前面是一块如卧狮的金黄色石头，象征安祥、和平；而我的案几上，那盆文竹的绿阴下，是一棕色如碗大的圆石，再叠放着一枚如鸡蛋大小的棕色圆石。圆上加圆，是一种圆满，一种生活的期望——圆满是一种幸福啊！

　　前几天，见俩人从摩托车上风风火火地下来，于后座上取下几块石头，造型如塔、似钟。围观者都称奇。那人就很得意，说是从很远的洛源弄的，有人给 200 元都没卖，他要 500 元的。围观者就都砸嘴，说真值钱呀！

拣石的人多，观石的人亦多。一块石头，观看的人多了，观点就多了。有人说这块石头能卖 500 元，有人说给 1000 元也不卖！第三个人却说一文不值。

石头就是石头，不论它是什么形状，终归是石头，不同的是观石人的心境。佛说，旌不动，动的是人心，就是这种境界。就比如看一幅意大利文艺复兴时期的油画，有人看的是人体无与伦比的美，这种美足以征服整个世界的野蛮与洪荒；有人看的是女人的裸体，看的入神，连眼睛也直了，涎水掉下也无知觉。画还是那幅画，观者心境不同而已。

养石，外表看是观赏石头，骨子里养的是一种心性

春　草

　　我开始坚持晨练的时候是腊月的中旬，时节正是一年之中最冷的。如果把体育场中间诺大的足球场比做一个湖泊的话，那场地中间不规则分布的草甸子就是湖中偶尔露出的小岛了。隆冬之中，那些小岛上密布着白色的枯草。远望，像一些人为的堆砌之画景，别有一些韵味。

　　围着足球场跑三圈、五圈，我就选择那一个直径为一米的圆形的草甸子，做一套气功"鹤翔庄"。日复一日，脚下的枯草，在一冬天晨练人们的踩压下、在寒风的吹拂下，失去了密度，失去了形和骸，只余下薄薄的一层，露出地面的草的根茎。

　　正月二十五，当我来到体育场，在三圈跑步之后，天色亮起来。我忽然发现，往日黄色的足球场地平空竟添了一层黄中泛绿的雾气。细看，竟是我比喻为"湖中的小岛"的草甸子上铺了一层嫩绿。

　　春天来了。

　　春天在人们不知不觉中来了，脚下的小草率先破土而出，宣告着春天的降临。

　　我又来到我练功的地方。方圆一米的草甸子上，从地下冒出密密麻麻、针尖般不计其数的、绿中带黄的草芽。我仍然和晨练的人们一样，无视它们的存在，双脚踩上去，做我的"功课"。

　　晨练是每天必坚持的，脚是每天都要踩在那些正冒出小草的地上的。而那些地下扎根的小草，不管任何人踩踏，春天到了，它就义无反顾地往上长。顶破土层，迎接早春的寒风，一节节往上长。更可贵的是，越是人们踩踏的地方，那些草越长得猛，越发显得绿，显得生机勃勃。

　　女儿写作文说：春的使者是迎春花。又说：杏花、桃花也是报春的先驱。

　　我说："脚下的小草才真是报春的使者呢！"

干枝梅

去年春天，有一个老头手拿两枝尺把高、光秃秃的枝桠，说是花苗，卖的就剩这两枝了，便宜卖。妻就和另一个过路的人一人买了一枝，5角钱。

因为忙，那枝"花"放到了门市部的门角，竟然被遗忘了。一个礼拜后发现它，周身已皱巴巴的起了皮。妻说："怕是死了，扔了算了！"我说："咱有花盆，栽了它，是死是活看它的造化吧。"到河滩弄了一花盆土，把那枝"花"儿栽下去，让孩子舀了一勺清水浇透，就又放到那门角了。三月里一天，我们正在吃饭，上四年级的小女儿忽然惊呼："爸、妈，花儿活了！"我们走过去，那枝花儿竟在人们不管不护的情况下兀自长出了新芽！

我们都佩服这枝叫不上名的花儿的生命力了。

到了夏天，我们装修了房子，布置客厅的时候，我特意掏18元买了一盆棕竹，15元买了一盆玉树，20元买了一盆铁树放在客厅的边角，10元买了一盆文竹置于我写作的案头。唯有一盆自生自长的洋樱桃和那盆无名之花（夏天了，仍是4个枝桠，几片绿叶），我觉得放在客厅有伤大雅，就把它们搬出客厅，放到孩子们的卧室。

整个夏天和秋天，因我掏80多元买的花儿，客厅里充满了勃勃生机。客人来了先是称赞我客厅的氛围好：一幅《清明上河图》古色古香，高雅气派。两张条幅《难得湖涂》、《学海无涯》可见主人的文化品位。接下来就称赞那几盆四季长青的观叶花，棕竹的高贵，铁树的坚强，玉树的富态，还有文竹的飘逸……

这时候，我就更看轻那盆无名之花了。秋末，它的叶儿全部脱落，只剩4枝长了一年的小桠，在小枝桠的头部长着淡绿色的果实样的圆盘，有大拇指甲大小。没有花，连叶也不长久，真是身贱只值5角了。

时令已进入三九之天，客厅里的花儿叶子已不再充满生机，只是那样的绿着，死气沉沉。而奇迹就在这时出现了：放在孩子卧室的那盆无名之花，却在最严寒的冬季开出了最美艳的花儿！先是向东的那个枝头，原来淡绿色的圆盘上，现在正绽放出无数排列整齐、像千万只小喇叭一样的花儿。亮亮的黄，高贵、典雅、不俗。三五天后，那西、南、北三方的枝桠都相继绽放了美丽的金黄的花儿，像4朵不带花边的向日葵，热烈地开放着！

朋友来了，我领他们专门观看了这盆与众不同的花儿。朋友就说："这花儿我认得的，叫干枝梅。"我惊叹这盆花的骨气：它不在乎人们对它的轻视、议论、甚至诽谤，它只是用自己的方式生活着，奋斗着。只有成功了，就会受到人们的承认与尊重！

枯萎的千头菊

家里有几盆花，都不开花的，是观叶花。

那天早上锻炼回来，走到体育场门口看到一个卖花的推着人力三轮车。车上郁郁葱葱的绿，姹紫嫣红的艳，就过去看了。卖花的就不失时机地介绍——这盆文竹造型好啊，那盆吊兰放到客厅很雅致，还有这盆千头菊在秋天里开的高贵……我问了价钱，也不贵，就掏了20元把这三盆花都弄回了家。

看着阳台上一盆盆绿生生的花，我觉得一下子把大自然搬到家了，心情也好起来！

下午，从门市部把夏天就用黄豆沤好的花肥拿回家，给家里所有的花都施了肥。棕竹啊、玉树啊、铁树啊……还有我刚买的千头菊、文竹、吊兰。我希望花儿在我的精心施肥和浇灌下能更加生机勃勃。

晚上妻子、女儿一回家就嚷："臭死了！"我说："过几天就香了。没有臭就没有香啊！"妻子、女儿就都不言语了。

我的得意还没有维持两天，女儿就告诉我，我买的花儿死了。

我大惊失色，疾步跑到阳台，我看到文竹的叶子黄了，纷纷往下掉，千头菊正开着的花枯萎了，叶子全部曲卷、变色、死掉。那盆吊兰也病恹恹的……

我忽然想起一句成语——拔苗助长！我是犯了同样的错误啊！

虎　子

　　虎子是被乱棒打死的。

　　虎子才来到我们家的时候，简直就是一个毛绒绒的肉球，连台阶都上不去。一身灰不灰，黑不黑的绒毛，四条小腿短短的，两只耳朵耷拉着，只有那两只眼睛圆溜溜，亮晶晶，招人喜欢。满市场的人都把它当做一个玩物，大人小孩都爱招惹它。放了学的孩子们，老远就喊："虎子，虎子——"你给香肠吃，他给牛奶喝。末了，还争着抱在怀里，用小脸去挨虎子的小脸，用小手去忺虎子的绒毛。谁家吃剩的小鱼，谁家熬过的鸡汤都拿来给虎子。

　　虎子给人们平常、枯燥、乏味的生活带来了欢乐。

　　虎子的眼睛暴突着，四肢极力张开，张大的嘴似乎在向上苍呼救。

　　虎子长到四个月的时候大病一场，上吐下泻，不吃不喝，连着三天就站不起来了。我们把它当小孩子一样经管，扳开嘴喂药，抱到兽医站打针，买了葡萄糖给灌……第五天的晚上，一晚上没听见动静，我心想，虎子肯定死了，就想着不等天亮，用摩托车把它带到西寺桥下埋了，把它用过的窝，吃过的肉、骨头等都给埋在一起……正想着，却听到虎子"吧唧，吧唧"喝水的声音。虎子没死，我一下子光身起床，搂了虎子说："你没死，你没死！"虎子开始慢慢缓醒过来了。邻居说："虎子这一难过去，就不咋了，将来能长成一条大狗。"

　　虎子真的长大了，6个月时已是一米多长的大狗了。它的毛色变的黑油油、亮光光，像绸缎一样柔滑，谁过来都要在它身上摸一下。到了晚上，市场一有响动，虎子就嚷开了，再也没见谁被小偷偷过。人们都说："多亏有了虎子！"

时间长了，人们开始讨厌虎子，忙碌了一天，想睡个安生觉都不成，死虎子！

虎子的血流了一地，在虎子的头上裂开一条一指宽的缝，凶残的人用手中的棍棒乱打，可怜的虎子在远离主人的境况下，无力抵挡嗜血成癖的人的暴行。围观的人看着暴行无动于衷，人的善良在这里消失殆尽。

市场里的人在睡了一个月的安稳觉后，不安稳了——人们又开始隔三岔五地丢东西。这时候，人们开始念起虎子的好来。

人们啊，总是用自己的好恶来改变世界，岂不知，世界改变人是多么的可怕！

还有一条路可走

　　门前原是一条下水道，苫了盖板的，也就成了市场里的一条大道。进市场买东西的顾客，出市场赶集的小商小贩都要从这条路上走。西边是地税局，东边是镇小学。上班的大人和上学的小孩更是离不开这条路。

　　市场改造了。原先的大棚里台板拆掉，盖起了两层瓷砖贴面的门面房。这个下水道也要改造了。这一天，建筑工人把下水道上的盖板全部揭掉了。本来有 4 米宽的安全通道只剩下南边不到 60 厘米的小路，小路的北边就是宽一米五，深两米的污水坑。不论是上班的大人、上学的孩子，还是摆摊的小贩都喊，这路走不成了，好危险。可大家还是从这一条路上走。

　　有一天傍晚，一个小伙子骑着摩托车带着另一个小伙子从这条不足 60 厘米的斜面路上走。年轻人好胜心强，也不听我爱人的忠告，一加油门想冲过去，结果两个人和车一起掉进下水道了。车毁了，人进医院了。

　　在我家寄存货的小贩每天都要用小车拉了货出门赶集。路仄，就很难。有一天，我突然发现，如果从我对面才修的房中穿过去——房子的两面还没有安门——走房子那一边的路就好走多了。我把我的发现告诉了在我家寄存货的人，大家都很高兴。在下水道上架一块板，路一下子就通了。

　　上班的，上学的都走了那条"新辟"的路。

　　在人生的漫漫征途上，我们往往因为习惯上的思维定势，总是一条道走到底。如果在这条道上遇到挫折了，就垂头丧气，就一蹶不振。有的年轻人在爱情上遇到挫折，就寻死觅活。其实，如果你在这条道的隔壁，稍微迈出一步就走出了泥沼，就走向了成功！

　　请记住，没有过不去的河，没有爬不上的山。只要你换个思维方式就行！

少年梦

一直想就这个题目写点文字，一直没有动笔。不知为什么，现在是特别害怕写东西。

梦，是少年的。少年应该是什么时候呢？我的记忆里，最初的文学梦是上初中二年级的时候。那时候，在故乡的公社初中上学，唯一接触的课外读物是一份叫作《作文周报》的报纸。那上面有各地学生写的作文。当时最想的就是什么时候自己的作文能刊登在这份小报上。偷偷给那份报纸寄过几篇作文，我记得唯一一次收到该报的回信，里面是一份投稿纪念，书签样的，高兴了好几天。

因为这个原因，我的数学成绩不是很好。考上高中后曾经下决心不搞文学了，好好学习，将来考个大学。谁知教我们语文的老师也是个文学的忠实信徒。他的散文发表在陕西日报上，我到现在还记得他每有文章发表，就极有韵致的在课堂上给我们朗诵的情景。我的文学梦又被这个老师点燃。上高二的时候，我的文字第一次变成铅字，不过不是文学作品，是消息，发在陕西农民报上。感谢陕西农民报的余涌泉老师，是他给我发了三个消息，圆了我文字变成铅字的梦想。真正意义上的文学作品，是发在江苏《春笋报》上的小说，很短，就是今天的小小说。山东《文朋诗友》（集股办刊物）上发表的小说《那儿，有一片桃林》，山西《青少年日记》发表的几篇状物散文。后来有两篇入选《商洛文艺丛书—文学卷》。

那时候，作家在我心里的位置是至高无上的。梦想着什么时候自己也能成为作家，自己也能写本书，放在县城的新华书店里销售——只能是梦想，不敢奢望它能实现。

现在，就在今天，一个文友告诉我，他儿子在西安解放路图书大厦见到我的书了——《唱着生活的男孩》。新书上架，那孩子翻到我的书，很惊讶，又仔细看了作者简介，确定是他父亲的朋友兼文友后，第一时间告诉了他父亲。虽然此前我知道这本书会在全国各地新华书店销售，虽然我已经知道网上各大书城已经开始网上销售，但当朋友告诉我新书已经在西安图书大厦销售时，我还是很激动了一阵。年初，去北京开会，在王府井书店见到有我文章的选本销售，很激动，后来在所处的县城科教书店见到一本漓江版本年度选，里边有我一篇小说，也高兴了一阵子。现在，当真正意义上，我自己的作品，我自己的书在省城书店上架销售后，我知道，少年梦，那个很遥远的梦终于实现了。

如果加入了省作协就算是作家的话，编号 2526 的会员证是否就证明我已经是个作家了？

作家。新华书店有自己的书销售——少年梦，终于在不惑之年圆了。

感谢一路征尘上始终帮助我的朋友！

山里人家

　　每次坐车经过秦岭北坡时，我都忘不了打开车窗，在汽车经过的村庄，用心搜寻我那山里人家的三间土房……可每次都让我失望！

　　是郁郁葱葱的大山隐没了它？

　　是它躲进了莽莽苍苍的大山？

　　我不得而知！

　　但我知道，我是永远不会忘记那山里人家，还有那山里人家的三间土房！

　　那年，我在西安新桥技校供职。农历的 11 月，已经是很冷的天气了，偏巧又下了冬天的第一场雪。更巧的是，我在这个时候要陪校长去我的故乡商洛出差。走的时候，我们俩都是毛衣上套了防寒服，防寒服上又裹了军大衣的。

　　好容易搭上了末班车。

　　汽车一进入秦岭，那风就格外猛烈地刮起来，雪就大片大片的在空中舞。满车的人就倦缩在椅子里，谁也不说话，唯恐一张嘴巴，就把身体里的热量放出去，只是一个劲地"啪啪"跺脚。

　　汽车刚一进沟口就停住了。前边堵车了。这时有人敲车门。司机开了门，进来一个胡子眉毛都落满雪花的山里人。他哆嗦着厚嘴巴说："我 x 他妈的，这么大的雪！"把手中的篮子放下，两手捂到嘴上哈热气，然后就拍打黑棉袄上的雪。

　　他那篮子正放在我的腿边。我瞥见里边有三四个雪白的馒头和一条用来遮盖（这会儿已在一边）馒头的花毛巾。我把篮子往外边挪了一下，问："去哪？"

　　"嘿嘿！"他一笑，露出白里透黄的两排牙齿，"去女儿家走亲戚，这才往回赶。屋里在张家坪哩。不远，不远。"

我往里挪了挪，让他挤一块坐下。

他连忙说："沾光！沾光！听口音您是洛南人？"

我惊奇的："是啊！您怎么知道？"

"翻过秦岭就是你商洛了。咱都是邻家嘛！那几年我还常去商州、洛南哩！"

话题拉开，这老乡的话就多起来，说我洛南盛产核桃，全国有名，又说土特产有柿子、板栗、洛源豆腐干……末了，又问我，现如今在哪儿工作？回家呀？还是出差呀？

这个时候，汽车哼哼唧唧地走了几里地，又停住了。乘客就都埋怨起这鬼天气来。只是外边的风雪太大、太猛。汽车刚好停在一个风口上，那山野里的风，半山坡上的雪就一个劲地狂吼乱飞。老乡告诉我，汽车停的地方叫柿树园。

汽车一直从下午两点等到三点，从三点等到三点半，司机实在没有耐心了，只好不再发出无可奈何的叹息，下车去看情况。他刚一下车，车门就被风"咣"地一声关死了。刹时，风雪就包裹了他，司机只好倒退着往前走。

终于像盼救苦救难的菩萨一样盼来了司机，可司机说："前面停的车太多，望不到头。"

又等到下午四点半，车子里的人已经埋怨够了，不再发牢骚、说话，就连我那邻家也不说话了。全车人都叹息。

"有希望了！"不知谁喊了一声。

上边的汽车开始从我们旁边往下开。全车的人都舒了一下眉头，有几个人就抱了小孩说，算了，返回西安吧，等天晴了再走。边说边下车搭了回西安的车。

我们的车走走停停，到了天快黑的时候，实在挪不动一步了，上面的车下不来，下边的车上不去，就只好窝到这儿。车不动，人也懒得动，动的只是车内跺着的脚，稀溜的嘴，车外肆虐的风雪。只有我那位老乡没完没了地动着厚嘴唇说，我要是走路的话早到家了！

我和曹校长从学校走时没有来得及吃早饭，急着赶车又未买零食，这个时候肚子饿得咕咕叫。看着人家拿出面包、饼干吃，我们干着急。还是那位老乡好，说："洛南的，我这走亲戚还剩两个馍，给你和你的老师吧！"说着，就递过来两个白生生的馒头。

这时候，我们也顾不得"君子不食嗟来之食"了，苦笑一下，不客气的接过来就吃。

天已经完全暗下来，乘客已大多坐在椅子上，把头勾在怀里，或枕在前排的椅背上睡着了。司机害怕机器冻死，隔一会儿就"突突突"地发动汽车。

迷迷糊糊听到有人叫："洛南的。"（我这"邻家"不问我姓啥叫啥，只称我"洛南的"三个字就够了）醒来就见他在推我，说："你把你老师叫上到我家去呀！我家开店，有吃有住，省得在这儿受冻。"

叫醒校长，我把老乡的意思给他说了，他问："多远？"老乡说："不远，十几里路。"校长有些胆怯。是啊！黑灯瞎火的，又是在这暴风雪之夜，又在这茫茫的秦岭槽里，不要说在城里生城里长的校长，就是我这个山里生长的小伙子都有点怕呢！

老乡给我们鼓气：不怕，一会儿就到了，人走起来挺快的！到我家后给你二人下面条吃，再把炕烧热，给你俩睡……

也许是热腾腾的饭和热乎乎的炕吸引了我，我也鼓动起校长来，好在校长也是个年轻人，我们就下车上路了。还好，风雪似乎小了点，我们裹紧了衣服就走，在这冬月的暗夜，风雪里……

公路上满是乱停的汽车。卡车居多。有撞了岩的，有滑到沟边的，也有车头对了车尾的。这公路，一边是深深的渊，渊里的涧水耐不得夜的寂寞，也不管冬的束缚，就"哗哗"地响着。一边是危危的岩，犬牙交错。公路在黑地里实在看不清。那老乡走在前面给我们引路，我和校长挽扶着慢慢地走，一会儿是没膝深的雪（风把公路上的雪都堆在这儿了吗？），一会儿是光溜溜的柏油马路，校长的皮鞋一个劲儿打滑，一个劲儿跌跤，我就防不胜防地扶他。好容易走到这个村里（这老乡说是十几里路，怕有二十几里路吧）才停下来。

老乡叫开了门，出来一个披衣散发的妇女，一手擎了墨水瓶做的煤油灯，侧身让我们进去。

老乡说："来了两个客人，快下面给他们吃。"

这妇女就去厨房洗手忙碌开了，老乡赶忙去火塘边给我们生火。干燥的松枝一点就燃，坐在火塘边，我和校长才暖和起来。

好容易饭好了，男人就把灯放到山墙边的小方桌上，把饭给我们端上来，又去取调料。调料不多，只有盐，辣子和醋。

饭虽不怎么好，但毕竟是热汤。经过刚才一阵折腾，走了二十几里路，又烤了火，吃了饭，睡觉时已是凌晨三点了。一觉醒来，看窗外，天已放晴，无雪，无风，只是窗子的破洞里透进一股冷气，刺骨的冷！

起床后，坐在热炕上，就不想下去。我去不远的代销店买了点心、饼干，坐到热炕上，一边吃一边看书，校长竟没有一点儿走的意思了。

大清早，我那"邻家"——这屋子里的顶梁柱就起来担水去了，进来拿了我的棉手套，说是天冷的怕怕！又说，翻过秦岭到黑龙口就有去商州的车了。十点多，吃了两碗油泼面，我和校长要走了。女主人一个劲儿说："下次再来啊！"

遗憾的是，我再也没有见到我的"邻家"，听女人说，村里有人家过世，他去帮忙了。

这件事已经过去一年多了，可我却总不能忘怀。哦，我那山里人家，我的"邻家"，您还好吗？"洛南的"这一年多来，为了生计，我从西安到洛南，从洛南到安康，又由安康到洛南，其间风风雨雨，坎坎坷坷，不能一言以蔽之。每当生活处于低谷时，我的眼前就浮现出那山里人家——我的"邻家"的话："不远，不远，人走起来也挺快的！"他那乐观、充满自信、勇敢的精神时时给我迎接生活挑战的勇气和自信，摧我奋发，摧我上进！

奋斗数字

写下这个题目，想想又不完全正确。人的一生中有一组数字是不需要奋斗的，而是与生俱来的。比如我，19660324，这组数字是我一来到这个世界，它就和我永不分离，从上小学，到中学，到走向社会，每次填表，都离不开它。到后来，它钻到我的身份证号码中间：612522660324621，就更是和我形影不离了。

从离开学校，走向社会，我摸、爬、滚、打，白手起家，由山里走向山外，又从山外打回山里；由打游击到正式领取营业执照，成为一个私营业主，其间历时 14 年，终于在县城有了自己的房子，又一组数字就诞生了：XX 楼 XX 单元 2 楼 2 号。紧跟着，花费 500 多元装了电话，另一组数字也诞生了：0914—7381865。孩子高兴了，和同学聊起来挺神气："有事打电话——7381865！"

时间到了 21 世纪，传呼机已风靡山城。朋友见了，拍拍腰间的黑匣子：有事呼我！见到俊男靓女于人群广众之中，腰间 B、B、B 一串音响，很潇洒地取出，一瞧，就去附近找电话。眼里就很羡慕，很渴望，终于就掏了 300 多元钱买了一部熊猫传呼机。又有一组数字属于我了：958139829398。可惜好景不长，社会上就不兴传呼机了，人们开始玩手机了。如果谁还于大街上拿出传呼机来看，简直就不是荣耀而是羞耻了。

2002 年夏，我和妻子怀揣一千多元去移动公司买了一部 TCL 手机，入网，腰间一别，那神气，不亚于抗日战争时期武工队员腰间别一把二十响盒子手枪。于是，象征身份的一组数字又出现了：13991445592。从此，无论我走到哪里，不论是山里山外，还是天南海北，只要手指轻轻一按，就能听到妻子和孩子的笑声；无论我走的多远，都逃不出妻子的关怀和呵护！

1993 年正月十五，是我最困难的日子，在永丰那个我们受苦受难的地方，熟人给我们照了一张相。我跨上熟人推来的摩托车，把女儿放在前边，妻子斜坐在身后——穷开心。孩子长大后，看到这张照片，说我们原来也有摩托车的，只是后来卖了。在《我这十年》中我写道："我心里好疼。孩子呀！我们当时没饿死就是万幸呀！"在经过整整 10 年的艰苦创业、奋斗后，2003 年仲夏，我们掏了 5000 元，终于拥有了属于自己的摩托车。牌号：陕 A67206。

数字的奋斗是没有止境的。只要国家的政策好，只要你肯吃苦肯奋斗。

2004 年春，在房子装修好，门市部正式开门后，我和妻子才从以往的繁忙劳碌中解脱出来。生活在经历了 12 年的拼搏之后，终于可以一帆风顺地前进了。我们的心情舒畅极了，再也不会像十几年前为向别人借钱而睡不着觉，再也不会为做生意缺本钱而四处借贷，再也不会为早摆晚收而劳顿……我说：老婆，给你也买一部手机吧！我们该享受享受了！又一组数字，属于我们的数字诞生了：13038521685。

文章写完了，面对电脑，又一组数字浮上脑际：sl7381865——宽带网号。

坚　持

坚持其实是不坚持。因为不坚持，我才成了今日的碌碌无为。

——题记

　　生命在于运动。锻炼的好处是人人都知道的，可是，坚持下来的人又有多少？早在五六年前，我就决定了每天早起锻炼，坚持了一个礼拜就中断了。最长的一次是坚持了一个春天，到了夏天，因为天热又中断了。去年的冬天，身患疾病，医生说慢性病没有特效药，营养要跟上，心情要舒畅，休息要好。又说，适当的运动对病情恢复有好处。于是，又定下每天早上 6 点准时起床，跑步锻炼的计划。有时候，晚上睡觉迟了，又加上白天劳累了一天，早上 6 点钟闹铃一响，实在不愿离开热被窝，去天寒地冻的野外。但我想起医生的话，还是一骨碌爬起来。终于因为自己久病的身体就坚持了下来。

　　1996 年的冬日，我在漂泊、流浪了整整 10 年后，终于有了一个安稳、固定的生意。而且在故乡的县城站稳了脚跟。我预感到今后的岁月里，再也不会东飘西荡了。回顾我这 10 年走过的路，弯弯曲曲，一路征尘，一路风雨，一路辛酸泪。在 12 月 19 日的夜晚，我一宿未眠，在租住的房子里，耳听妻子和女儿的酣眠之声，喝了一杯又一杯的浓茶，终于在东方露出鱼肚白的时候完成了三万多字的自传体文字《我这十年》的述说和感喟。遗憾的是，由于整理和誊写，我竟历时 8 个年头而未能完成。看过此文章的朋友都说，快快改出来，也许将来你有贾平凹那么大的名气了，这文章就值钱了。我一笑，但笑过之后是深深的自责——一个晚上能写出三万字，八年时间却改写不完，说到底还是不坚持之过。

　　1998 年租住在县城南坡跟建军家。早上用架子车把货拉到农贸市场摆摊，晚上收摊了又用车子拉回来。当时，河滨南路和劳动路尚未修建，整个的一个土路还是坑凹不平，天晴倒也罢了，遇到天阴下雨，道路泥泞，拉一车子货上建军家门前那个陡坡，真是比上刀山还难。每次总要叫路人或者房东帮忙，把货物一箱一箱搬回家。白水淡饭之后，在卧室、灶房、库房集于一屋的境况下，我仍然钉了一个本子，题名《另一个我》，写一些小小说、小散文、随笔之类。就是在那样极其艰苦、辛劳的环境中，我开始写一个中篇小说《主男》，反"主妇"之意而为之。文稿扉页题：谨以此文献给千千万万下岗职工！小说写到 6000 字后，也因不坚持，至今还是 6000 字在那儿搁着。看过此残稿的朋友说：当年如果完成的话，也许都发表了。

在《太阴》那部书稿的序一开篇，我写道："我之所以写这部书，是因为我不知道我是谁。""在这部书中，我将找到一个真实的我。"在序二中我还说了要以每天四千字的速度硬性写下去……可事实是，那部书我只写了序一、序二、正文写了八节 3 万多字就又搁置了。原因是多方面的，归根结底还是没有坚持写。写出来，发表与不发表都在其次，总可以找到"一个真实的自己啊"！

行文到这里，我想起我从文的经历。在 1985 年，我还只是 19 岁的时候，就在《陕西农民报》上发表短消息四五个了。就连在县广播站总发稿的老通讯员都羡慕的不得了。那年暑假，我还应邀去了省城西安，参加由西安市文联举办的"小说读书讲习会"，在那儿见到了当时还在霸桥区工作，后来成为陕西省作协主席、著名作家的陈忠实。1990 年之前，我在全国各地报刊发表小说、散文、诗歌、杂文等文章多篇（首）。文章入选《商洛文艺丛书—文学卷（1977~1987）》，诗歌入选《世纪末—青年诗人三百三十家》，《94，青年诗历》等书。

以当时的年龄优势，我在全县都是很有名气的，仍然是因为生活所迫及自己的懒惰与不坚持，到了今日，就是小文章也写不出，更不用说发表了。而当时文章在写作、发表方面都不如我的人已经成名了，和我一般的人成大名了。因为不坚持，我落得今日的碌碌无为和自悔自责。

有时就想，如果当时坚持下来，今日的我将是多么的辉煌？

世上没有后悔药

那一年去成都，在成都一呆就是一个多月。成都的气候好，冬天不冷，夏天不热。有一句话说"吃在成都"。是说成都的小吃花样繁多，价格也便宜。我们从西安坐火车，经过一天一夜的行程，在第二天的 10 点左右下了火车，第一句话就是"又能吃上成都的小笼包子了"！

我们住在成都火车北站附近的铁道旁的旅社。早上洗了脸、刷了牙，就去旅社后边铁道北边的街道吃早点。一笼包子，一碗稀饭就可以吃得很饱。下午回来，又去那家饭店吃炸酱面。面一时没做好，就泡一盅茶，是盖碗茶。一个白色的瓷盘，盘里是一个白色的瓷盅，盅上有一个白色的盖子。那个十三四岁的女孩提了长嘴铝壶，在光滑明亮的方桌间穿梭，你的茶水喝完了，她就马上续上。她的圆圆的脸上永远是善良的笑。

从成都回来后最大的后悔是没有去看乐山大佛。因为和我们一同去的人有人去了乐山市，也有人去看了乐山大佛。当时总想，常来成都的，以后有的是机会。可现在想着也是很渺茫的事了。

1996 年的春天，我从杂志上看到"人造变蛋"的信息，就一个人去了南京。到南京是早上六点。在火车站吃了一碗肉丝面，去火车站前面的玄武湖拍了一张照片。然后就去找那家"人造变蛋"的技术部。可惜的是"看景不如听景"，那个"人造变蛋"的成果完全不是杂志上登的那样吸引人的眼球。

重新站在火车站前，我茫然了。是赶下午的车就回家呢，还是找一家旅社住下，明天在南京城里转转？思考再三，我想起家里等我消息的妻子，妻子身边不到三岁的女儿，我身上带的来之不易的钱……我还是买了下午 5 点的车票回家了。玄武湖边照的像也没等得及取。

南京有雨花台，南京有秦淮河……可我就那样错过了。

人的一生总是有各种各样的理由来阻挡我们去实现某一个目标。当我们远离当时的环境，想想那一切其实都不是理由。唯一后悔的是我们当时没有去做。

　　真的，世上没有后悔药！

第三辑　石门的门

年　味

　　到了腊月二十三，年味就开始浓了。那一天要敬灶王爷的，有一句话，也是一副对联说"上天言好事，下凡呈吉祥"说的就是灶王爷。是啊，一年到头了，灶王爷受了芸芸众生的香火，上天给玉帝汇报工作时，自然要替凡间的人说好话了。那一天，也是打扫积尘的日子。人们再忙，也要挤出时间把办公室、家里家外角角落落一年的积尘扫除干净，迎接新的一年的到来。

　　走到大街上，你看吧，卖烟花爆竹的、卖香表的、卖红蜡烛的、卖春联的、卖年画的摆了整整一条文化街。在水果市场，红的苹果、大枣，黄的橘子、广柑，柿饼、核桃、香蕉、猕猴桃……简直是应有尽有啊。再走到菜市场去，鸡、鸭、鱼、肉，红的西红柿、绿的青辣椒、芹菜……价格是比平常高了许多，但买的人也比平常多了许多，人山人海啊。

　　轻工业品市场，童装店、童鞋店的生意出奇的好。是啊，年本来就是给孩子们过的。农村来的顾客总说，大人穿不穿都不要紧，要给孩子买。新衣新鞋，孩子早就盼着过年啊。这时候的衣服、童鞋就都比平时贵了许多。做生意的人这时候说是"收麦"哩。是啊，忙了一年，就盼着年末卖几个钱呢。

　　最能体现年味的是主妇上菜市买回的一兜儿一兜儿的肉啊、菜啊，是孩子们手上的烟花，是男人买回的烟酒、是春联、是年画。年三十，从早上开始，就有人贴春联了。先看生意人贴的春联：

　　生意兴隆通四海

　　财源茂盛达三江

赤心迎来三江客

笑颜送去四海宾

财如晓日腾云起

利似春潮带雨来

最潇洒的一副春联是南门口茶楼上的：

为名忙，为利忙，忙里偷闲，且吃三杯茶去

谋衣苦，谋食苦，苦中寻乐，快拿一壶酒来

最体贴的一副春联是西门上旅社的：

处处通途，不问何来何往，照面一笑无烦恼

头头是道，休管谁主谁宾，休息一晚各东西

最幽默的一副春联是东街那家理发店的：

操天下头等事业

做人间顶上功夫

最人道的是北门上药铺的：

但愿世间人无病

何愁架上药生尘

最大气的当数洛州最高学府"洛南中学"的对联：

伯乐常在，何愁没有千里马

青山不老，岂能不出栋梁材

年三十傍晚，远远近近的鞭炮声就不绝于耳，此起彼伏，像钱塘潮涌，一波跟着一波。家家大人孩子围在电视机前看央视的春节联欢晚会，包饺子。懂电脑的，忙着在网上大拜年。手机短信也多了，亲戚、友人从天南海北发来祝福："新年快乐!"

正月初一是哪儿也不去的，有口诀说"初一拜自家"啊。一家人忙了一年，很少能在一起说说话，能在一起吃吃饭。这一天，啥也不用做了，就窝在家里和父母一起看电视、听音乐、打麻将、做饭、吃饭……这样的日子一年多有几天该多好啊!

正月初二就开始大拜年了。我们这儿的拜年是有讲究的，说是：初一拜自家，初二拜外家，初三初四姑姨家，初五初六丈人家。可见，人还是不能忘本的，最先要拜的是父母啊。

年味一直要到正月十五耍龙灯、闹社火过了才淡下来，虽然，生意人正月初六就开门营业了。

又见端午

　　五月初一，打开电脑，登陆 QQ，邮箱提示有一封邮件。点开，是深谷幽兰群发来的一封端午祝福动画。深深的祝福，碧绿的粽子图片，美妙的音乐……一下子，端午就逼近了。我找来笔，在记事本上录下：艾叶香，香满堂，桃枝插在大门上。出门一望麦儿黄。这儿端阳，那儿端阳，处处都端阳。整个早上，我浏览网页、读别人的博客、跟帖、发邮件，而深谷幽兰发来的端午祝福动画页面我始终没有关闭。我就在它优美动听的旋律中享受端午的快乐。

　　我是从我的博客连接上到了陈毓的博客的。

　　这个小女人的文字有一股灵性，总吸引你读下去，净化你的心灵。我先看的是《又见新书》。这部书我知道，是一个宏大系列之一种。新闻不必说，出书的作者都有爆料的欲望。我惊讶于陈毓的这篇小文的起笔和运笔，字里行间氤氲着的高雅的文人气质。陈毓起笔不谈新书，说："我的一个朋友和我见面又分手的时候说：新茶下来的时候你都来我这里拿，你有新书出来也给我送。我心里自然明白朋友的厚朴与暖意，却也暗自窃笑：茶一年能新几回？新书又需几时才出得一本？更何况，我从来都把我们的见面视作一种仪式，正是还没挪动一步，就觉得走了很长很久的路呢。"是不是一篇很优雅的散文呢？像极了二三十年代民国女子的文字。鼻翼似乎闻到那么一股新茶的清香。文章最后，陈毓写到"我慢慢翻这本书，手边是一杯朋友送我的安吉白茶。"很小资的情调。从茶起笔，到茶结句。这样的文字，只有这样的小女人，在一个人的、静静的夜里，一杯茶，面对荧屏，耳听美妙的音乐才能写出来。像山间的一泓清泉，自然的、轻歌曼舞地流出来。

　　跟帖祝贺，有机会讨一本阅读。

返回，再读的是《端午》。青瓦、白墙、绿叶、黄花，很浓，很深的色彩——这张湿漉漉的压题图片，一下子把我的思绪带到江南，脑子里冒出的一句词儿是"最忆是江南"了。不由得把这幅图和深谷幽兰发来的动画联系在一起，那个动画里有碧绿的三角粽子，有红黄相间的糯米粽子。这幅图片和三角粽子是江南的端午。南方的端午似乎更有端午的气息。陈毓的端午是秦头楚尾的端午，包粽子的是槲叶，扎（捆）粽子的是马莲。陈毓的粽子是长方形的，用料是江米、糯米、紫米、小米、花生、红豆……陈毓的粽子勾引得我也回到了童年，想起母亲左手里放着的两片碧绿的芦苇叶，芦苇叶上四片叶柄朝外，两两相对的槲叶，想起母亲右手去泡米的盆里捞出黄亮亮的糯米、在槲叶里刨平，然后用中指和大拇指拈一颗红枣放在糯米中央。一左，一右，一前，一后，用早已破好的马莲一圈一圈扎好，一个粽子就包好了。包好的粽子一层层放在一个红色的塑料盆里。红的盆，绿的粽子，煞是好看。晚上，母亲把粽子一层层放进大铁锅里，用箅子压了，上面放一圆溜溜的石头，水就淹过了粽子。母亲在灶火前右手拉风箱，左手添柴。等锅盖上面冒出丝丝缕缕的白气，满屋就飘浮着粽子的香气，这种香气更多来自槲叶的香气。

不管我们抽了多少回鼻子，这个晚上是吃不到粽子的。母亲在锅上大气后，烧上一顿饭功夫，还要用微火再烧半个时辰。末了，母亲用柴沫子捂了灶火，让锅灶一晚上都保持热气。

一觉醒来，母亲已经把粽子捞出来，放在箅子上，淋干了水。当我们在母亲泡了艾叶的清水里抹了眼睛、洗了脸，给耳朵和鼻孔点了雄黄酒，吃上香甜、绵软的粽子时，正是端午节的早上。

我和陈毓的家乡同在陕南，陈毓的端午就是我的端午，陈毓的粽子就是我的粽子。而我们的端午和粽子情结已经很是遥远，只能是记忆里的欢乐和怀念。现代人都忙，尤其是住在都市里的人。大人忙着工作和挣钱，孩子忙着上学和找工作，端午早已离他们愈来愈远。城里的孩子已经不稀罕粽子，他们更热衷于麦当劳和肯德基，热衷于逛超市获取各种美色零食。端午在现代人眼里，只是一个节气而已。

我在陈毓的《端午》里摘抄了这么一段："这是一个难以改编的故事，

因为爱情从来都是在诞生的一刻就意味着消逝，能留下的，是曾经沧海难为水的感慨，是人生若只如初见的惆怅。传说中被镇雷锋塔下的白娘子是走出来了的，但是即便断桥又见，断桥边上又走过千千万万的温婉书生，许仙还能是许仙？她白素珍还能是当初的白素珍么？"

陈毓有幸在这个端午前游了西湖，西湖是个有故事的地儿，缠缠绵绵的故事让多少人流了多少泪？西湖是江南的西湖，有多少节日就有多少传说，有多少传说就有多少断肠的故事。但，故事里的故事永远定格在那个时代。时过境迁，没有人能够复活。这正如我们记忆中的端午。

风来花落帽，云过雨沾衣——说的是江南。

喝淡酒，读闲书，莫谈世事烦我——画家王松送给陈毓的。我欣赏，也偷来，做这个随笔的结句。

半个苹果的爱

第四辑

在城市和
乡村间流浪

半个苹果的爱

屁股底下的文学

是正月初七的下午，我陪远道而来的亲戚去中心广场散步。我们走到广场中间时，我说歇歇吧。正好旁边大理石贴面的石凳上有几张别人坐过还没有被风吹走的广告页和报纸。我们走过去，我就要坐在上面的是一张本地日报。就在我的屁股快要挨上去时，我忽然发现报纸上面有我认识的一位朋友的文章。拿起看了，是 2 月 9 日的报纸。在心里默算一下，该是农历腊月二十六日出版的。这半张报纸正好是这个报纸每周一期的副刊版。这个页面刊发了 6 篇文章，都是散文。我认识的作者竟然有三位，散文内容都是有关过年的，写过年过程加感慨；写过年的燃放的鞭炮以及由此想到儿时玩鞭炮的趣事；写乡间过年的新气象。我忽然有个奇怪的想法，如果把每年腊月最后一个礼拜的报纸副刊整到一块，相信文章都是似曾相识吧？

亲戚见我久久不坐，喊我，看啥哩？烂报纸有啥看头，赶紧垫到狗仔底下坐下歇歇。

我的内心忽然就有了一种悲哀——为了文学的悲哀。我当时就想，我要写一篇文章，它的题目就叫"屁股底下的文学"。

我敢说，这张发行量超大（日报是辖区每个单位硬性要订的）的报纸，那些收到报纸的人认真看的没有几人，更不用说看副刊文章的人了。我曾经和这个报纸的编辑探讨过他们的副刊用稿风格，他说，日报的副刊其实是为日报的整体风格服务的，也是在古板的面孔上加一点点缀。

我想到某一次，我的一篇小小说发表在《陕西交通报》上，稿费收到了，没有样报，就打电话给那个行业的一个朋友。朋友是单位的领导，说没问题，你过来找，报纸都在我这儿呢。我走进朋友的办公室，他指着房子角落的一摞摞报纸说："你自己找吧。"我看见那些报纸基本上都没有打开过——包括本地的日报，大多还是邮递员送来的样子。我说："这些报纸基本没有看过啊？"他说："没看也知道上面说的是啥。"我找了一会儿没有找到我要的报纸，朋友就放下手头的事帮我找。我们在散落满地的报纸里找各种报纸的副刊。看到了好多熟悉的不熟悉的作者的作品。这些作者和我一样，当他们知道了自己的作品见报后心情该是怎样的激动，但他们哪里想到，见报后作品的命运竟是这样深藏报海人不知。

某一天，接到同学电话说："你的小说在XX报发表了，你见到了吗？"我说："没有。"他说："你来我这儿吧。我给你保存着。"我去了，朋友在某单位上班。在他的办公室，他的同事、平常不很熟悉的人很惊讶的对我说："你写小说啊？真没想到。"是啊，没想到，也不会想到，一个做小生意的人竟然能写小说？那是高雅的文学啊。同学说："一般人谁看报纸副刊啊，也就是喜欢文学的人才看的。"

一语道破天机，作者写出的作品其实就是写作品的人还有想写作品的人看的。

这两年写微型小说，自信在微型小说这个圈子里还是有一点影响的——拿了第七届全国微型小说年度奖，作品入选各种年度选本，文友遍布全国各地，可走出这个圈子就什么也不是。

作品发表了，孩子第一句就问，有稿费吗？多少？周围的人第一句话也是，给多少钱啊？老婆说，能当饭吃吗？能养活老婆孩子吗？没有一个人看我的作品，没有一个人看了我的作品给我翘大拇指。

我的电脑桌上，床头、沙发、甚至厕所都散落着书籍和文学刊物。但这是我的专利。老婆和孩子从来就不碰它们。我喜欢看它们是因为我也想成为这些刊物里的作者之一，是因为我也梦想出一本自己的书。如果没有了这些原因，我相信我不会看它们，我相信我也会把看它们的时间拿来打麻将、拿来吆五喝六地喝酒。

那次我收到一本很精致的样刊。刚刚翻开看了几行字，来了顾客，边上有人就从我手上拿了杂志，说，让我看看。等我打发了顾客，再去找我的杂志时，我看见我的杂志已经翻开躺在那人刚刚站起的座椅上。杂志的一角折弯，此时正努力的伸展。我的心忽然就痛了一下。我没有给那人打招呼就取了我的杂志，我一边整理杂志，一边返身进屋。我把杂志理平，压在整摞书底下。我在心里说，文学其实就是给喜欢文学的人看的。喜欢文学的人才珍惜文学。

写到这里，我想说的是，在市场经济下，文学处于何等尴尬的地位？

昔日的《收获》、《长城》、《当代》是我上高中时同学间传阅的名刊，现在，中学生还有几人在看？我上高中的两个女儿看的一直是郭敬明、饶雪漫这些作者，包括90后快男超女的书籍，看的杂志是《最小说》、《新蕾》等。我所在的省作协杂志印数几千册，靠企业（理事单位）赞助出书。一个很有意思的标准就能看出文学所处的地位：故事报刊稿费是千字100到300元，有的甚至高达400元，而时尚类刊物稿费高达千字千元。而文学呢，千字50元是正常的，千字10元是有的，没有稿费也是很普遍的。文学的不值钱由此可见一斑。

文学高高在上吗？回答是肯定的。高高在上的现状是现代文学自身造成的，也是搞文学人骨子里的本性使然。搞文学的人常常嘲笑那些圈子外的人"看不懂"。有了那些人的"看不懂"，搞文学的人就感觉到了自身的高大和有知识。岂不知，这样的结果是文学与读者、与大众愈来愈远，文学的出路愈来愈仄，文学走到自己扎起的藩篱里走不出困境，反过来还要埋怨受众的整体文化水平不高。

中国有一句话很有道理——适者生存。《三国演义》的故事我是上初中时在自家的责任田里边拔豆荚边听村里一辈子和土地打交道的伯父讲的；水泊梁山的故事也是听村上一个上了私塾后来专门给村里人写春联的叔父讲的；《红楼梦》我上了高中还看不懂，后来是从电视剧里看的。孙猴子的故事从小就知道了。这个中国文学的精粹中国老百姓也许记不得他们的书名，但提起书里的人物，相信人们都不会陌生。这就是中国古代的文学。

文学的尴尬和处境不是文学本身造成的，它是人为的，是现代搞文学的人造成的。那些搞文学的人一拿起笔，一打开 word，就在心里说，我写文章啊，我要运用国外 XX 大师的技法啊，我要让看我文章的人不到最后不知道我的意图啊，我要用我的智慧去考验读者的智慧啊……

文章很漂亮，漂亮到看了文章的人摇头说"花架子"；文章很深沉，深沉到看了文章的人摇头说"狗屁文章"；文章很有技巧，技巧到看了文章的人如坠云里雾里，摇头说"捉弄人啊"，再也不看文章了。长篇小说只是字数上的长，没有内容，因为作者名字的缘故硬着头皮读完了，后悔死了；中篇小说、短篇小说总是那几个熟面孔，情感大戏，你方唱罢我登场，忽悠悠赚取稿费和廉价的眼泪。散文呢，亲情，写滥了；花草，小意境；大散文，吃力不讨好。总的来说，是给吃饱了饭，有品味，有闲情逸致的人看的。诗歌不用说了，比小说更惨，是专为写诗歌的人读的。李白、杜甫那个时代的诗歌永远没有了。诗歌早就不是人民大众的诗歌，它只是某个圈子里的自娱自乐。

　　文学走到今天确实尴尬。所以，搞文学的人不要清高。要很清醒的认识到，我喜欢写文章其实和人家喜欢抽烟喝酒、喜欢跳舞、打麻将一样，只是个爱好而已。永远不要再试图让文学去拯救人类。在普通大众那里，文学其实就是屁股底下一张遮尘挡垢的纸。真的。

诱惑和坚守

最初写小小说的时候，只希望着能发表就好，对稿费不是看得很重。记得第一篇小小说在本地电视报副刊发表，拿着散发着油墨香的报纸，心里充满了幸福的感觉。后来在外地报刊发表的作品多了，也收到数额不等的稿费，最多的是北京一家报纸的稿费，一篇小小说百元大钞的，就很满足。

后来在《古今故事报》发表了三篇微型小说，稿费千字 100 元，才知道故事刊物的稿费比小小说刊物高多了，从此就开始关注故事报刊，关注故事写作。去年，我的一篇微型小说发表在《百家故事》，稿费 320 元，收到稿费单真的很激动，同样一篇稿子，发在小小说类刊物稿费也就七八十元，也有四五十元、更有一二十元，还有样刊稿费都没有的，而发表在故事类刊物就是千字 100~200 元啊。随着对故事报刊的进一步了解，知道《故事会》的稿费是千字 300 元的，就产生了写故事的想法。试着写了几个故事，一篇两千多字的稿件《古今故事报》"生活剧场"用了，稿费210 元，还有一篇两千多字的稿件《百家故事》过终审，可能 5 月份用，按他们的稿费标准就是 500 多元的。

正月的某一天，邮递员一下子送来 4 张稿费单，3 张《古今故事报》的，一张《爱你》杂志的，总共差两毛钱 750 元。左邻右舍都惊呆了。老婆签字拿回稿费单后也不再反对我上网了。我自己也飘飘然以为从此就可以写文章赚钱了。

可事实上，因为我摇摆于故事和小小说创作中间，心里很浮躁，故事写不出，小小说也写不好。我是个很木讷的人，不善于编故事，不善于开玩笑，更不会出口就成幽默。就是以前写小小说也要在生活中找到原型才能动手写。空里来雾里去的事从来就弄不来，用一句文雅的话说，就是缺少想象力。这样的性格要创作出优秀的故事是何其难啊。而我因为故事刊物稿费的诱惑，上网就去故事论坛和故事编辑的博客，看着终审结果，羡慕上稿作者的同时就在心里算出他们又有几百大洋进入了口袋。那天无意中走进不是很熟悉但也认识的故事作者的博客，看到他头像后边高雅的背景，浏览他发表的故事刊物和目录，知道这一切高品位的生活都是故事带给他的，心里就羡慕不已。想着写故事啊，写故事啊。一年赚上几万，啥都有了。写小小说一年赚的钱还不如写一篇故事赚得多啊？

金钱的诱惑是如此的勾人的魂！

我说过，做生意我连老婆也比不上，下苦力，我已经养成了四体不勤的秉性。我唯一的爱好和优势就是码字。当我码字换不来钱时受了老婆多少埋怨和邻人多少讥讽与白眼，而当我码字换来金钱的时候，我才知道这个字码好了还能赚钱啊。"视金钱如粪土"，那是没有钱而又弄不来钱的人说的宽心话，如果真的是凭自己的能力合法的得来的金钱，谁不希望越多越好呢？几年前我们这儿流行过这么一句话"开车的看不起骑自行车的，骑自行车的看不起走路的"。说穿了，骨子里看不起的还是没钱的。看到写故事比写小小说赚钱，同样是码字，谁不希望赚更多的钱啊，再说，钱多了，花着方便，面对问你"你发表一篇东西给你多少钱啊？"的诘问，自己回答时不也很有底气和面子吗？

写故事啊，写故事啊！

这样做的结果是，故事没有写好，小小说没有写出。看故事，看小说，脑子里装了太多的东西，故事的庞杂、小说的通幽，金钱的诱惑，太多的欲望……心静不下来，就写不出东西，更不用说注重文学性的小说了。

看的东西越多越浮躁，看到报刊目录没有自己的名字就焦虑。上网在论坛看的稿件多，真正眼睛一亮的少。别人的作品不看好，自己写出的东西投出去也不见音信。时间在逛论坛，逛博客、聊QQ、农场偷菜中一天一天逝去。打开邮箱，多是虚假的中奖信息和收费发表东西的杂志征稿启事。把它们拉进垃圾邮件，第二天还会不厌其烦的重新走进我的邮箱。整整两天，我打开电脑，看了32集电视剧。没有写出一个字。我怀疑我是不

半个苹果的爱

是再也写不出小小说了？

　　夜深人静，睁着空洞的眼睛，我扪心自问：我要放弃坚守了多年的小小说创作吗？我也在反思：以前在那样清贫的境况下尚能写出东西，为什么最近这么浮躁和焦虑？思来想去，还是故事的诱惑、金钱的诱惑。因为心里装了太多的东西，因为心里所求甚多，而文学是寂寞的事业，是能耐得住寂寞的人才能成功的事业。是向往繁华与热闹，还是清净与高尚？清贫是需要坚守的。坚守，不是坚持。坚守是一个人对理想和信念的把持，坚持是一贯的走下去。坚持难，坚守更难！

　　为了心中那一份神圣，我需要重拾寂寞。耐得寂寞。远离诱惑，坚守一份心灵的净土。

陕西速度

——《中国当代微型小说方阵陕西卷》编后

4 月 30 日上午 9 点 30 分，《中国当代微型小说方阵陕西卷》终于编辑结束，分三个文档——目录、正文、通联发到北京王海椿老师的信箱。

4 月 19 日，在古都咸阳参加"陕西精短小说研究会第一次会员代表大会"，期间接到北京中大文景文化有限公司王海椿老师的电话，受命编辑《中国当代微型小说方阵陕西卷》。接电话时，我非常激动，"中国当代微型小说方阵"书系的征稿启事是今年 2 月初就发布的，首批 13 卷，里边没有陕西卷。也许策划方因为各方面的原因没有列入陕西卷，但作为微型小说（小小说）创作的大省，陕西微型小说（小小说）界多少有些遗憾。

笔者近几年在创作微型小说（小小说）的同时，非常关注陕西微型小说（小小说）的发展态势，写了《陕西小小说现状及其发展》、《他山之石与文学大省》、《中国当代微型小说方阵为何没有陕西卷》等文章。也许是这些文章起了推波助澜的作用，也许是人心所向，精诚所至，金石为开，策划方最终把陕西卷列入出版计划。这是陕西微型小说（小小说）界的幸事，也是陕西微型小说（小小说）作者的幸事！

编辑《中国当代微型小说方阵陕西卷》，我自己确定了一个原则——所编作品必须是作者发表在省级（发行量和影响力，不是行政级别）纯文学报刊的、转载的、能代表作者最高创作水准的作品。这个原则的确立基于本书的定位和品位。一方面是给北京中大文景文化有限公司编辑一部方阵系列书，另一方面是给陕西文学界编辑一部有划时代收藏意义的微型小说（小小说）作品集。这部集子最初编辑时就考虑收录陕西知名作家的作品——贾平凹、京夫、方英文、张艳茜等知名作家都有质量上乘的微型小说（小小说）作品。集子出来后，这些知名作家将会得到样书，我们将另外送样书给陕西作家协会收藏。就此意义上说，这本书的出版已不是狭义上微型小说（小小说）界的事，而是陕西文学界的事。故此，为了保证本书的总体质量，我们打破了"40位作者选2篇，20位作者选3篇"的规定，金牌作家的作品选3篇，实力展台作者作品三两篇不等，明日之星取最高质量的作品，选一到两篇。力争全面展示陕西微型小说（小小说）作者的创作实力和创作成果。

金牌作家、实力展台、明日之星不是策划公司的组稿规定，是编者为了组稿、编辑方便而设的三个文档。在编辑本书时，编者把编辑工作分为五个文档编辑，分别是目录、金牌作家、实力展台、明日之星、通联。五个文档同时编辑，避免了鱼龙混杂、抓东丢西的混乱状态。当邮箱的稿件看完后，五个文档也编辑成功，最后组合后，整个编辑工作就圆满结束。

透露一点选稿秘密：依照笔者观察中大文景近几年策划出版的系列图书，多是面向中学生为阅读群体。故而，我在选稿时，多选载语言优美的、主题积极向上的作品。作品语言粗俗，题材牵涉婚外情、暴力等均放弃。

19号下午会议结束回到家里，立即上网在各大论坛发布《中国当代微型小说方阵陕西卷》征稿启事。从20日收到第一封征稿邮件开始，到30日上午把书稿发给北京，仅仅用了10天时间，收稿作者106位，收稿件428篇，有知名作家、有微型小说（小小说）名家、有近几年活跃在微型小说（小小说）的实力作者、也有文学新秀。在网上搜不到名家的作品，就一个字一个字把收藏的作品在电脑上打出（贾平凹、京夫的作品）。打电话、发伊妹儿向名家约稿（方英文、方晓蕾、张艳茜、南在南方）。从网上搜曾经发表过有影响的作品，目前暂时离开微型小说创作的作者作品，然后通过各种渠道联系作者，打长途电话要通联地址（黄建国、魏西风）。陕北作者王雷琰电话打了N次，一直没人接，最后只好放弃。

我的收稿邮箱设置了自动回复，对外地作者和寄来原创稿件的作者，我都重新一一回复，说明情况。

整整10天，我就像一个专职编辑一样，下载、复制、编排……一个上午，一个下午、有时候还要加上晚上。效益永远眷顾认真的人，在各位老师和朋友的信任和支持下，陕西卷终于画上了句号。入选作者60位，入选作品140篇。三篇作品33人，两篇作品15人，一篇作品12人。

在网上发布陕西卷征稿结束消息，朋友都惊讶于组稿、编辑的速度之快。论坛上有的省份年前就开始征稿，年后还没有搞定。就感叹陕西组稿的速度是深圳速度。我说，不是深圳速度，是陕西速度！这要缘于我对陕西微型小说（小小说）一贯的关注和热爱，也是和朋友们一贯的信任和支持分不开的。

和名人零距离

　　我的书橱里最多的杂志是微型小说（小小说）。我的印象里，陕西小说名家也时有微型小说（小小说）作品被转载。在微型小说（小小说）界他们是客串角色，但他们偶尔为之的作品却是经典。着手编辑《中国当代微型小说方阵陕西卷》时，第一考虑的就是收录他们的作品。这不是媚俗。窃以为，这部选集对于陕西微型小说（小小说）创作具有划时代的意义，对于陕西文学界无疑也有收藏价值。这些名家的微型小说（小小说）作品如果不收录，这部"陕西卷"就不完整，就缺少厚度和质感。

　　陕西是文学大省。陕西作家"大家"多，是因为他们创作的多是大部头作品，长篇巨著获奖的质量和数量在全国都是独一无二的。故而，要想在网络上搜他们的"微型作品"几乎没有可能。收录他们的作品只有两个渠道，一是从报刊上直接选，二是通过电话、短信、伊妹儿约稿。

　　贾平凹和京夫的作品我是从《微型小说选刊》和《小小说选刊》选载的。贾平凹是大师级人物，目前是陕西省作家协会主席。百度搜，找到的是他的获奖长篇小说《秦腔》，《浮躁》，《废都》等。我见到的微型作品《土地之神》、《马寻伯乐》、《辞宴书》、《藏者》、《闲人》，网络上根本找不到；京夫是商洛籍在省城仅次于贾平凹的二号人物，可惜已经辞世了。京夫的代表作也是长篇巨著《八里情仇》（60多万字），但他的成名作是短篇小说《手杖》。我意外地在收藏的旧杂志里发现了他的微型作品《产仔的豹与猎户》、《野猪台》。作者用近乎半文言的语言讲述了两个人与动物的故事。我以为正好有了微型小说的精髓——语言的精炼达到多一字奢侈，少一字失色的境界。两位大师的作品我是一个字一个字敲上去的。

　　作品送审后，王海椿老师发短信问我："贾平凹他们的作品入选和作者沟通没有？"我说："大多沟通了，贾平凹是名人，还没有。"回了短信，忽然就有了给贾主席打电话的冲动。按了电话号码，害怕的是电话号码不对。电话通了，害怕的是他不接。但，贾主席接了。远在天上的神忽然就在"对面"。我说："是贾老师吗？"他说："是的。"我就说我是谁，在干什么事，和他有关系，这事的结果是怎样的。贾老师就说好。从少年时期喜欢文学就喜欢贾老师的作品，我到现在还记得从镇上供销社买的《野火集》。里边的文章记得最清楚的是《丑石》和《厦屋婆的故事》。后来陆续买了《月迹》、《四十岁说》、《贾平凹游记精选》、《浮躁》、《废都》、《秦腔》等，还有孙见喜著的《鬼才贾平凹》。喜欢他的散文，欣赏他的小说，了解他的生活。在我的心目中，贾大师是天上的神，我们就是地下的人，是只可远观而不可近看的。一个电话，贾大师和我的距离一下子就拉近了。神还原成人其实是好事，人其实就活个真实。真实才是人。金钱和名利其实都是身外之物，做人才是最根本的。这个人做好了，一切都好了。在我的心目中，贾主席比以前更让我崇拜。

方英文是省城商洛籍作家名人。目前挂职陕南安康汉阴县副县长。出版有长篇小说《后花园》。在《小小说选刊》上时有方作家的精短文章。关注陕西微型小说创作，更多的是关注商洛籍作家的微型小说创作。每见到方作家的文章就细细地读，慢慢地品。本来也要从杂志上选载的，考虑到我既然有他的电话号码，不妨发个短信，告知编辑收录消息，让他自己选作品也许更好。就发了个短信。心里想，他寄来作品更好，如不寄，再选不迟。我们尊敬的方作家也是个很通情达理的人，他通过邮箱寄来了大作。

陈毓是微型小说（小小说）界的名人、是才女，是写小小说加入中国作协的作家，很羡慕和敬佩，可惜一直未能谋面。给陈敏发短信，如果方便的话，把陈毓的手机号给我。陈敏立马回了一组数字。我发了个短信。陈毓的大作就发到我的邮箱。她说："吴琼，你好！辛苦了。"心，一下子就拉近了。

方小蕾是我的博友，也是我的 QQ 好友。但我们聊天的时间很少。期间在他编辑的《旅途》杂志发了我一篇微型作品。知道他去年加入中国作协，很是羡慕和钦佩。《也许爱情》写得很浪漫很超前。我在 QQ 给他留言，约稿。不日，方老师的作品就发到我的邮箱。

钟法权的作品我常常见。没有想到的是他也隶属于陕西微型小说作家群。这次去古都咸阳参加"陕西精短小说（小小说）研究会会员代表大会"，才知道钟军官也是陕西微型小说人。受赠一本著作。讨要一组电话号码，刚好用上，就发短信约稿。忙中偷闲，钟老师的作品也发到了我的邮箱。

喊雷老师是我们的父辈级人物。无论人品和文品都令人敬佩。在咸阳开会期间，喊雷老师对我的态度让我受宠若惊。他是那么谦和，那么亲贴。对后来者的尊重和勉励确有大家风范。会议结束回到家就发来了他的大作。

刘立勤、陈敏是乡党、是老师、也是朋友。在支持我的同时，帮我联系别的作家。作品就是人品。有了崇高的人品必会写出有品位的作品。陈敏老师给我联系了陈毓；刘立勤老师给我联系了张艳茜。这样的朋友是永远的朋友，是值得交的朋友。

黄建国的《谁先看见村庄》是微型小说（小小说）里的经典作品。后来从网上下载了《最后一只红富士》和《好牛》。搜到他的单位，打他的电话，黄老师在明白了我的意思后，很爽朗的声音，详细地告诉我他的联系方式并表示感谢。

魏西风的作品也是从网上复制的。地址和电话也许时间过了几年，没有联系上。后来通过咸阳的朋友联系，终于打通了电话。

秦巴子的《笔直的烟》可能是他唯一的微型小说，但也是他成名的微型小说作品。秦巴子是诗人，写诗、写散文。在诗歌界名声更大。可能连他自己也注意不到，《笔直的烟》使他在微型小说（小小说）界有了地位。和秦巴子是通过伊妹儿联系的。他很快发来了他的通联地址。

这次编辑《中国当代微型小说方阵陕西卷》唯一遗憾的是没有联系上《延安文学》的王雷琰老师。陕北的微型小说（小小说）创作在我的印象里是个空白。在最初编辑时，我千方百计搜陕北微型小说信息。终于搜到王雷琰有微型小说（小小说）代表作《画美人》、《醋坛子》、《不速之客》、《爱的高度》、《画家与朋友》等。就想着联系上她，陕北的微型小说作者也就联系上了。即使没有别人，有她的三篇力作，陕北的空白也就补上了。在"金牌作家"栏目，我预留了她的位置，甚至把目录都打上了，选了《画美人》、《醋坛子》、《不速之客》三篇。我搜到《延安文学》的电话，打过去，没人接。我以为电话号码不对，后来从网上搜到一个写《延安文学》杂志的文章，和里边的联系方式伊妹儿联系了。那人很热心，回信：是好事。你可打这个电话……王老师就住在这个大院里，告诉接电话的人就能找到。我以为柳暗花明了，早上打电话没人接，下午上班后打电话也没有人接。是因为是生疏号码不接呢，还是对不明真相的电话不接？

和名人零距离，让我觉得大多数名人也是人，而不是神。还是人好！人是真的，神是假的。

在城市和乡村间流浪

创作——一个人的流浪

好多年前，我流浪在陕南安康。在那个细雨霏霏的城市，我拥有了我心爱的人，同时也失去了我内心里挚爱的东西。多少个白天和夜晚，我穿行在异乡的乡村和城市，在看似繁华的世界，忍受着心灵的煎熬。也是在那个时期，我写下了大量的分行文字，《独步人生》（《世纪末—青年诗人三百三十家》）、《再别安康》（《94，青春诗历》）是其中的代表作。在《独步人生》里我这样写道：小巷仄仄＼细雨斜斜＼小巷伤心的渐遁渐远＼路灯把街道抹亮再涂暗＼一只淋得精湿的狗望了我两眼＼夹着尾巴逃出视线＼少许微情＼几分忧郁＼不知小巷外何人＼如果明日天晴＼相信那只狗不会走远。无独有偶，时隔几乎 20 年后，我已经没有了当年写诗的心境，而我在某个论坛贴的一首小诗，竟然被好多网站转帖。这首小诗题目是《一个人行走》——

行走

一个人

一条小路

一座云燕楼

一只鸟儿在叫

一棵全裸的树摇

一阵风从面前掠过

一条流浪狗落荒而逃

一个人在 2007 年的春天

行走

行走

一个人在 2007 年的春天

一条流浪狗落荒而逃

一阵风从面前掠过

一棵全裸的树摇

一只鸟儿在叫

一座云燕楼

一条小路

一个人

行走

乡村——我生命的根

上世纪 60 年代，那个"史无前例"的运动开始时，我出生在陕南名不见经传的小县城西边 30 里一个叫吴洼的小村里。我们那个县，翻过秦岭就没有人知晓。记得 1985 年夏天我第一次去西安参加《长安》杂志暑期读书讲习班学习，有人问我是从哪儿来？我说洛南，那人就很惊讶，洛南？没听说过，哪个省啊？我赶紧解释，是商洛。那人想了想说，哦，是秦岭山里啊！从此，出门在外，只要人家问我是哪儿的人，我就回答，商洛的，陕西商洛的。在我的个人简介里，我也这样叙述：1966 年生于陕西商洛……连县城都是这样的默默无闻，更不用说生我的那个村庄了。我不是不热爱生我养我的故乡，而是想说明我的故乡是多么的卑微。我还要说明的是，我的故乡之所以这样卑微，是它从古到今，没有出过一个名人——"地以人名"一直是中国的"国粹"，大的如韶山之于开国领袖毛泽东，小的如我们近邻的丹凤之于著名作家贾平凹。

在给《中国微型小说作者档案书系》寄资料时，我寄的处女作是《生意》（发表在《牡丹》2005.4 期），那是我 2005 年涉足微型小说（小小说）后在公开出版物发表的第一篇微型小说。事实上，我真正意义上的处女作应该是 1987 上高中时发表在山东《文朋诗友》杂志的《那儿，有一片桃林》。也就是说，20 多年前，当我还是一个文学青年时，就已经在无

半个苹果的爱

意识间写出了我的第一篇微型小说。那时候，我是一个狂热的文学爱好者。期间写的文字在河北《杂文报》、山东《文朋诗友》、江苏《春笋报》、山西《青少年日记》和几家函授教材上发表。《商洛文艺丛书—文学卷》选用了《那儿，有一片桃林》、《春之歌》两篇文章。正是这一种狂热，我因为严重的偏科失去了上大学的机会。

在《我这十年》里，我写了长达十年的流浪生活。那其实是身体的流浪。颠簸流浪的生活让我告别了我挚爱的文学创作。一个乡村男人，流浪在四川成都、山西太原、河南豫灵……我常常遗憾那长达10年的远离文学的日子，反过来，我也感谢那些居无定所的生活，它使我的人生阅历更厚重，对人生的思考更多。它使我在远离文学近乎20年后（1987~2005）面对空白 word 文档，脑海里的人物更丰满，题材更丰富。

在我的签名档和博主简介里，我这样说，生于乡村，活于城市。是的，在城市，我的户口本和身份证上是农民；在农村，我没有耕种一寸土地，就连我父母分给我的老房子也在那年的天灾中坍塌消失了。从上小学到结婚前，我一直上学，结婚后我仅仅在农村呆了三年，种了三年责任田，此后就是漫无边际的流浪生活。1996年，我终于回到县城，在县城扎下了根，经过近10年的经营，我成了住在城市里的乡村人。

我的微型小说（小小说）作品，可以分成两个大的部分。一部分是乡村题材，一部分是城市题材。乡村题材多是我对生我的吴洼村父老乡亲的画像和我对他们深深的眷恋。城市题材是我对我所讨生活的城市的思考和诠释。

每年的元宵节，我要回老家给老坟周围点上红色的蜡烛；每年清明，我要回老家给先人坟上挂白色的纸幡；中秋节，春节，父母的生日，我要回老家看看我年迈的父母；生意淡季，我时不时就想回老家转转，去我那只留下几间厦屋的老院看看，去我屋后的田野看看，我喜欢看门前桃花盛开，我喜欢在软软的麦田里散步，没人的时候，我甚至像小时候一样，在麦田里偷偷打个滚。冬天里，我躺在故乡的雪地里，让女儿给我拍照。我站在老屋前面的杨树林里，把自己站成一棵树，我很想就这样永远地站下去。每次回家，女儿在奶奶爷爷的家里看电视，我却坐不住。我对父母说，我出去转啊。我穿行在曾经给我童年欢乐的、至今仍然寂寞、穷困的乡村里打捞我童年的记忆，少年的梦。我喜欢找我童年的伙伴、少年的玩友一起谝闲传，听他们讲发生在乡村的故事。特别是年龄迈过40岁后，我不止一次对爱人和女儿说，等把女儿交代了，我就回老家住啊。我要在我的老屋周围用篱笆扎一道围墙，我要扎一道柴门，我要在篱笆周围种满四季常青的爬山虎、喇叭花，我要用青砖做道沿，用小石子铺路，我还要在院子里栽一棵我小说里的苦李子树，我还要养两条狗，一只叫虎子，另一只也叫虎子——纪念我在城市里养大又失去的两只叫虎子的狗。

我父亲一直说，村里邻家有红白喜事你一定要回来帮忙，因为你还有两个老人没有过世哩。我知道，老家有一句俗语——娶媳妇盖房，大家帮忙——是的，太阳从谁家门前都要过哩，谁家都要娶媳妇，谁家都会盖房，谁家都有老人要过世，这样的人生大事不是自己一家子甚至亲戚就可以办得了的。乡村不比城里，你就是再有钱，如果没有村里人来帮忙，你就没有威信，你就没有面子，你在村里人面前就永远抬不起头——这不是钱不钱的问题。在这里，面子比钱贵重几万倍。我的生意再忙，村里有了红白喜事我都会放下一切羁绊赶回老家。也许，我的女儿将来不会回老家了，但我的骨子里，老家是我永远也舍不掉的根。我常常一个人在老家的房前屋后，坡上地里徘徊。

《大总管》、《吴先生管账》、《父亲的大学梦》、《打牌》等乡村题材的微型小说（小小说）就是我为故乡人物画的像，为他们立的传。在这些小说中人物的名字都是真实的不改一个字，绑牢、挡捞、喜民……他们都是我喊哥的人，都是土得掉渣的名字。我闭上眼睛就能看到他们的音容笑貌，我敲击键盘就能知道他们的动作，就能知道他们张口会说出怎样的话，我甚至能看到他们说某句话时脸上的表情。我哀叹《莲花》的命运，我怀念《看电影》的那个夜晚和已经离我而去的看电影的大哥。

乡村，我的乡村，有我写不完的人和故事。我一辈子离不开我的乡村，我也一辈子写不完我的乡村。

城市——我蜗居的地方

这个城市有我的房子，这个城市有我维持生活的生意。我曾经尽量把自己融入这个城市：洗漱、刷牙、吃早餐、去体育场跑两圈锻炼、和爱人上仓颉园，走在碎石铺就的花园甬道，也去市民游乐园健身，甚至爬上高高的馒头山摆各种姿势用手中的数码相机拍照；我穿这个城市流行的衣服，我说这个城市时尚的话语，我试着用这个城市人最新潮的手机和电脑，我也曾经走进夜晚的舞厅、茶秀、洗脚房……我试图改变一切乡村生活的习惯来适应这个城市，但这个城市永远不属于我。它总是用高高在上，居高临下的姿态来审视我，来拒绝我。也许它是属于我的女儿的吧。我在这个城市活着，我不因这个城市对我的敌意而仇恨它，我接触了这个城市形形色色的人物。我用我的方式来了解这个城市，来诠释这个城市的人和事。当然，我是这个城市的小人物，接触的也多是这个城市的小人物，写小文章的文化人，做碎生意的小商贩，偶尔认识的小官人。《小城名脸》、《苏盛的冰箱》、《杨可是》、《绝招》这些小说就是小城小人物的艺术形象。每一个小说里的人物，在生活中都有他的原型，但艺术的人物又不同于生活中的人物。他是作者心中的人物，是完美的、是再创造的。小城给了我生活的源泉，也给了我创作的源泉。虽然小城一再地拒绝我，但如果没有小城给我创造了这么好的条件，我的文学梦也许永远都是一个梦。

躺在小城的夜里，我回忆过去的时光，有童年的欢乐，有流浪的艰辛。但就是在这样的欢乐和艰辛里，我找到了小说的题材，它们是我深深思考的产物。《生意》、《枇杷熟了》是我客居安康的收获；《情殇碾子村》、《1983年的雨鞋》是上世纪贫穷农村生活的真实写照；《强子和麦子的故事》、《下辈子不能在一起》，唯美的境界里有淡淡的忧伤；《感谢蚊子》、《同学》是人性里狗眼看人低的劣根性的艺术表现……

生于乡村，活于城市。我生命里注定流浪在城市和乡村之间。我的创作也永远离不开乡村和城市。我是一个生活在最底层的小人物，我的创作里也注定永远是为小人物立此存照、树碑立传。

半个苹果的爱

第五辑
被朋友惦记着
是一种幸福

半个苹果的爱

被朋友惦记着是一种幸福

大年初二，妻子和女儿在家看电视，我一个人在门市部上网。那天本来要去老家给父母拜年的，因为天气出奇的冷就没有去。下午两三点钟，妻子过来说："刚才琰君给你打电话，刚接，断电了，就让雅雅给他发了短信。"我说："几点啊？"妻子说："大概11点左右。"雅雅是我女儿，我的手机在女儿手里。我就想：是什么事呢？我用妻子拿来的手机给琰君发了个新年祝福短信。

初八，琰君在我QQ空间留言，今年他回老家过年了，16年了，第一次回老家过年，除了冷，一切都好，浓浓的年味是在城里体会不到的。他又说："初二那天，城里的文友一行去了他的老家耍，给我打电话没打通，后来接到我短信时已经喝高了。朋友们都惦记着你呢！"

我的心"通"地动了一下，心里瞬间装满了幸福。

腊月的一天，胡涛老师走进我门市部，说："礼拜六文友在凯富宫聚会，你也来。"妻子当时在场，说了一句："礼拜六啊？那不行。腊月人多呢。"妻子说的人是指顾客。我们这样的小生意也就是腊月挣点钱。妻子的心情可以理解。胡老师已经走出去了，我撵上去问，是不是有啥事哩？胡老师说："女儿出国留韩的事定了，朋友们在一起聚聚。"我就说："一定去。"那天一进凯富宫，就见到了小城的文人们，大家都很高兴。握手、问好。酒桌上，一向滴酒不沾的我也举杯和朋友们碰杯。琰君说："我总想啥时候把吴琼和任文灌醉了，看看他们两个老不喝酒的人醉后是啥模样？"我说："很幸福的模样。"

真的，被朋友惦记着是一种幸福。那种幸福从四面八方来拥抱你，让你全身的每一个细胞都痒痒的，酥酥的，充满幸福的感觉。

每次打开博客，登录后我首先点开的是消息盒子。我看到的总是认识的和不认识的朋友的祝贺和问候的溢美之词。这时候，我就被一种深深的幸福包围。接下来我就会给每一个有名的，没名的、给我留言给我评论的朋友回复：谢谢、问好、握手、感谢光临、感谢阅读我文字的朋友，会发一个微笑的表情。

我会去来我博客的朋友的"家"。我会抽出时间阅读朋友的文字，我会留下我的脚印。我要让朋友和我一样体会到被朋友惦记着是一种幸福。

写到这里，我想到大年初一，我用手机群发了一个祝福短信，那个群里有 15 个朋友（也许是我的一厢情愿吧），可我收到的回复只有两个。一个是我在北京同居一室的作家侯发山，一个是《幽默讽刺精短小说》的主编刘公。我在相信这两个朋友是真朋友的同时，也感觉到了人情深深的冷，像这个温暖的冬天到了年关忽然变冷的天气一样。也许由于网络的原因，有些朋友没有收到我的短信，也许有些朋友压根就不会发短信（我知道孙方友老师就不会），但仍然不排除有些著名 xx 对我这个热脸去贴冷屁股"朋友"的藐视。（这时）我想到鱼在洋老师博文里的一句话，等某一天我成了著名 XX，你们请我也不上你们的 XX。

被朋友惦记着是一种幸福。但这种惦记和幸福应该是相互的。如果总想着被朋友惦记而自己又高高在上，远离朋友，这种惦记也会离你越来越远。

在州河里游泳

州是商州，河是丹江河。丹江河之于商州就如黄河、长江之于中国，黄河、长江是我们中国人的母亲河，丹江河呢，就是我们商州人的母亲河，是我们的州河。

州河从秦岭深处缓缓流下，滋润、养育了商州儿女，商洛电视报的文艺副刊——"州河"也起根发苗于秦岭深处，商山脚下，也如州河一样默默无闻、勇往直前地流着。在州河里游泳，不怕水深，不怕浪急，慢慢的，就由一个不识水性的旱鸭子变成"浪里白条"，到了大江大河里游泳也就无所畏惧了；同样，在"州河"里"游泳"，没有了高门槛，生面孔，有的是同乡师长的帮助和提携，泳技就提高的快一些，再到其他的"江河湖海"里游泳就胆大了，心静了，游出好成绩了。

搁笔10多年后，我的第一篇文章《养石》被《三秦广播电视报—商洛版》刊登，它让我相信自己还能写出像样的东西。我创作的真正意义上的第一篇小小说《生意》也于2005年8月刊登在电视报文艺副刊上。此后，电视报一直关注我，提携我，发表了我大量的小说、散文和诗歌。其中小小说《我想让你拥抱我》被《微型小说精品》转载，《一生》后发表在北京《微型小说》，入选《2007，中国年度微型小说》（漓江出版社）。近年我的小小说被《百花园》《文学港》等报刊发表，入选各种年度选本，是和电视报的帮助和鼓励分不开的。电视报是我创作路上的推进器和润滑油。

因为写作，我爱上了电视报，因为写作，我认识了电视报的好多编辑老师。这些老师有的见过面，有的只是通过电话，但都成了朋友。

电视报副刊改版，看得出编辑是下了大决心，用了大脑子，也寄予了大希望。在这里，作为商洛的一位普通作者和读者，我希望在报人和作者的共同努力、坚持下，"州河"的"水"会更"清"，更"亮"，更富有"生机"。

在州河里游泳，舒畅并快乐着。

君子之交

戊子年十月初六的晚上，我接到姚书铭老师的电话，知道他已经到洛南了。其时，我已经睡醒了一觉，正躺在床上，看时间才是晚上九点多一点——我因为感冒就睡得早。我问姚老师住哪儿？他说："在宾馆，你在哪？远吗？"我说："在河滨南路。"他说："还是算了吧，现在外面雨下得大的很。你就别来了。"我说："好吧，明天见。"我给姚老师发了个短信："我感冒了，躺在床上。真不好意思。"姚老师回信说："记得吃药，晚安！"

我是因为在电视报上发稿和姚老师认识的。为了我那篇不足两千字的小小说，负责文艺版的姚老师和我通了四五次电话，并且不厌其烦地给我提出修改意见，在发表时还写了"编后"极力推荐。在我的写作经历中，对一个从未谋面的作者这样认真负责，推心置腹的编辑是很少见的。随后，电视报文艺版把我的小小说《小城才女》发了头条，不久，又推出我的个人专版，发表了小小说《小城名脸》、《小女人》、《张梅》，散文《小城名媛》。

我一直想，到商州了和姚老师坐一坐的，可就是俗事缠身不能成行。前几天去商州开会，会议结束，本来要去见姚老师的，可洛南去的朋友相约了去丹凤玩，我不好扫大家的兴，就一起去了丹凤，晚上 10 点多方才回家。

初七，老婆上西安进货去了。我想着如果开了门，就见不上姚老师了。还是先见见姚老师吧，机会难得。去邮局取了稿费，给姚老师打电话，他说："刚起床，住宾馆 211 房间。"

路过信合大酒店，给琰君打电话，我想问他，见了姚老师，我不喝酒，咋样招待他呀？电话刚接通，琰君小声说他在开会。我只好挂了机。

一路赶去，见到穿浅色休闲服的姚老师时，他正在刮胡子。打过招呼，我和姚老师寒暄几句，他说："我给他的短篇小说他还没看完。"我说："好几年没有写长一点的东西了，这是第一篇。"姚老师说："你的小说写得还是很不错的。"我说："也就是那个样子了。"闲聊了一会儿，我说："我们出去吃点早点吧。"姚老师说好！

去了"殷勤一蒸"，说是早上供应蒸饺、南瓜汁稀饭、糕糕馍……待要进去，又说，现在还没有，要到9点以后。姚老师就说："随便吃点就行。我昨天见广电局楼下有卖热豆腐的。"我就说："那好说，农贸市场就有。"我又说："商州来的朋友都说洛南的苞谷糊汤好吃的，再就是热豆腐了。"我们都笑。我又说："那次忠慧、陈敏来，琰君也把他们叫到农贸市场吃糊汤和热豆腐的，我还笑话呢。这次去商州，商州的朋友还念叨洛南的糊汤的。"说着话我们就到了饮食市场。

一人一盘热豆腐。

快吃完了，我说："再来一盘？"姚老师说行。我说："咱们一会儿再去人民路吃羊肉泡咋样？"姚老师说："好了，好了，两盘了，吃饱了。"

饭毕，姚老师说到我的店铺看看，我就领姚老师去了我的店铺，很小、很凌乱。姚老师问了我店铺的经营状况，说我（坚持写作）很不容易，也不错。姚老师问我，住的地方离这儿远吗？我说不远就在隔壁楼上。买的二手房，很小，50个平方的。我没有想到的是姚老师又说到我的家里再看看。我想着家里的凌乱无绪，害怕姚老师笑话。又不好阻止。进了我的家，我说："这儿原来是灶房的，后来改造了做书房。这个大一点的房子是个卧室，现在做了客厅。"姚老师看了几个房子后说："不止50个平方吧？"我说："房产证上是48个平方的。"姚老师说那是公摊面积小吧。

走进客厅，我把沙发上的衣服用手一拨，对姚老师说："甭嫌乱，坐一会儿。"我把我前几年出的诗集送了一本给姚老师，说："不好，算是给自己一个总结，以后怕是再也写不出诗了。"

离开家，走到我店铺门口，姚老师说："就别送了，你开门吧。"我说："还是要送的，就送到前面路口。"

和姚老师握手告别，我说："姚老师，真不好意思，吃的啥饭嘛。"

姚老师说："客气啥！已经很好了。"

再一次和姚老师握手话别，目光从姚老师的背影上移开，我看见天气转晴了，浅蓝色的天空上有丝丝白云飘移，像极了辽阔的大海。我脑海里忽然冒出那句名言——君子之交淡如水。

我和姚老师的交情该是君子之交吧！

听君一席话

这次到商州有三件事。一是去市文联送个人诗集《爱的履历》和相关资料，参加市上及省上商洛作家群作品大展；二是去《丹江潮》杂志社看看二期刊物出来了没有，有一点私心，就是看我的稿子是否用了；这第三呢，就是要去《三秦广播电视报—商洛版》报社找副刊编辑苏智华要一份发表我小品文《倒塌的老房子》的样报。

在市委大楼四楼，我见到了文联的谷山川主席和王启华老师。把一切应办的手续办完以后，我说，我想年底争取加入省作协的。王老师说，有两个条件，一是要发表14万字的东西，二是要有两个作协会员作介绍人，然后自己写申请。他说，到时候你把资料准备好，我们给你推荐。我就很感激、很激动的样子。

从文联出来，已是12点了。我知道这时候单位都已下班，就去路边一家"西安牛羊肉泡馍馆"吃了午饭。去朋友那儿休息、聊天。

两点半，我给《丹江潮》编辑王文鸽打手机，说我来商州了。她说："我们现在在山阳县组稿，不能和你见面，太遗憾了。"又说："你的稿子我们已排好了，就发在这期杂志上，目前正发排呢。杂志一出来，就给你寄去。"

我这第二件事就办好了，足不出户。

我告别朋友，径直去电视报社。

在电视大楼五楼，我没见到智华。他办公室的女同事说："智华昨天请假了，回老家有事。您有什么事？"我说了找样报的事。那个女同事很热心，就在文件柜帮我找起来。这时候，门口有人喊："吴琼，你来了！"

我回过身，是樊立怀，电视报的总编。去年我准备应聘到电视报时曾和他深谈了一次话的。很年轻，当时还没有结婚。很有能力，把一张很普

半个苹果的爱

通的生活小报办得云起风生，尤其副刊办成了商洛地区很有影响力的文学版块。他发的文章很上档次、很有品位。

我私下里对樊总还是有一点敬畏的。所以这次就没有直接去找他，不成想他却先和我打了招呼。我走过去和樊总握手，说了我要找那份样报的。他说："这儿放的是存档报。你一会儿到我那儿我给你找一份。"

我说："好。"

这会儿，那个女同事已帮我找到了，2 月 22 号的。这是我最满意的一篇文章。因为它写出了我的真心，写出了我内心里要说的话。在这篇文章的最后，我说：任何给我们恩泽、给我们留下永远的不能忘记的人和事都是我们的老房子。父母、兄弟姐妹、我们的老师、在下雨天给我们撑起一把雨伞、在别人的城市受到别人的关怀，在夜晚有人给送来光明……该报答就报答，该留念就留念，该孝敬就孝敬啊！不要再推到明天！那怕是最小的回报都比一辈子的遗憾强一百倍！

感谢智华！感谢立怀！感谢他们让我的真话见了天日。

我走进了樊总的办公室。茶几上坐了一位男同事。樊总的对面是一位很年轻的女同事。就在这样的环境中，我和樊总旁若无人地就文学创作中的现象和问题展开了讨论。樊总说："作为像你这样的写手，不存在文字和文学功底的问题，存在的是什么稿子给什么报刊投的问题。有的文章在日报（一般是党报）上不能发表但在生活类报上就能发表。相反，生活类上能发表的文章政府的是不用的。刊物也一样，各刊物的风格不一样。用稿标准就不一样。要对自己的文章有信心。"我也对他说了想年底加入省作协的想法。他一笑，说我曾经和你一样把加入作协看的很神圣。可事实完全不是那么回事。当然，机构是好的，关键是有人把它运作得变味了。去年湖南不是有两个著名作家退出作协吗？我的意思是要明正言顺地加入……

我一下子明白了。我对他说："樊总，我明白您的意思了。凭自己的实力，让作协来邀请你加入，而不是找人、开后门、送礼……去加入。"

樊总又一次笑了。我知道他是因为找到了我这个"知音"而笑。他说："按严格意义上来说，咱们商洛有多少'作家'不是作家啊。作为一个写文章的人，最主要的不是加入什么组织，而是写出好作品。这才是最根本的。唯有不停地写，不停地发表，不停地出精品，才能对得起自己，对得起关心你的人。"

我的心一下子豁然开朗。我近期的创作跌入低谷，一心想上《百花园》而总也无望，心性就浮躁不安。越是想年底加入作协，越是写不出好作品。今天听了樊总的这番话，我明白了：作为写手，最重要的是写——发表是硬道理。其他的，所谓"功道自然成"，不必强求。这样想着，心里的负担就没有了，身上的担子就轻了。

轻装上阵，勇者胜！

离开樊总时，我们握手。我说，又想起一句老话——听君一席话，胜读十年书。

像艳慧一样当编辑

艳慧是吉林延边《天池小小说》的编辑。

给艳慧投稿，她最大的好处是很快就给你回复的。很明确——此稿未被采用。感谢您的支持。多谢！艳慧。

她绝不是自动回复——你好，你收到此回复后，就证明你的稿子已经收到。我会尽快处理的……从此就再也没有消息了。有时候，你以为你的稿子早都被人家毙了，只有投给另一个刊物。忽然有一天发表你文章的报刊寄来了，你才知道你的东西发表了。有时候连样刊样报都没有，你就更不知道你的文章发表了。这还罢了，最害怕的是人家反过来怪你一稿多投了，封杀你。对于操纵文章生杀大权的编辑来说，作者尤其是新作者永远是弱势群体。

2007年4月30日给艳慧投了三篇小小说。5月9日艳慧回复——你的稿子已送审，请等候答复。艳慧。多快的速度啊，激动得都心跳加速了。5月20日，收到艳慧的电邮——《下辈子不能在一起》已通过终审，另外两篇未被采用，望常联系。艳慧。

艳慧的回复语言不多，但很感人。她没有过多的话絮子，不给杂志做广告。她就是在和朋友说话，很简洁，很客气，很礼貌。

20天时间你就知道你哪篇文章过终审了，要用了，哪篇还没有用，就要及时投出去。那个要用的稿子就再不往出投了。

像艳慧这样的负责任的编辑现在已经很少了。感谢艳慧。

最后想说一句话——像艳慧一样当编辑！那是作者的福气。

小城名媛

　　第一次遇到陈敏是在《牡丹》，那是 2005 年的事。刘建超老师主持的"小小说超市"发表了我的小小说《生意》，陈敏的《火山石》；第二次遇见陈敏，是在 2007 年 5 月《百花园—小小说原创版》，在这期的"首届全国小小说作家巡回展"上，发表了芦芙荭的《在肚子里吃草的牛》，陈毓的《开往》，陈敏的《底色》，我的《浇花》。两次遇见陈敏，陈敏不知道我是谁，但我知道陈敏是谁。

　　知道陈敏的大名也就是 2004 年的事。因为在此之前，我已经中断文学创作十几年了。在这一年年底，我开始关注小小说，也就开始注意到了一个叫陈敏的人和她的小小说。小城文学圈子里的人就告诉我，陈敏、陈毓是两姊妹，是咱们商洛的才女，小小说都写得相当好，是全国范围的小小说名人的。心里在为商洛小小说骄傲的同时，也对陈敏陈毓两姊妹产生深深的敬意。2007 年春天，百花园杂志社给小小说论坛斑竹赠书，我收到的三本小小说集，里面正好有陈敏的集子《诗祭》，我更是如获至宝。随着时间的推移，我知道了妹妹陈毓在西安工作，姐姐陈敏在商洛市某高校教授英语。对于没有进过大学校门，又天生对外语敬畏的我，陈敏在我心目中就更神秘了。

　　一次在 QQ 上和文友琰君聊天，谈到小小说的话题，谈到商洛小小说人的现状，我试探地问他："你有陈敏的 QQ 吗？琰君说，有，不过她很少上网的。"我说："给我吧，我很想向陈敏老师请教的。"琰君给了我陈敏的 QQ。我迫不及待的加陈敏为好友。令我惊奇的是陈敏的设置并没有"输入验证信息"，我想，陈敏其实是一个心无城府，毫不设防的人。

　　在 2007 年这个凉爽的秋天里，我和陈敏开始在 QQ 接触。我这才知道陈敏是一个好脾气，很随和的人。我先称呼她陈老师，陈敏说不要叫我老师，这样就生分了。我说我是 1966 年的。陈敏说："哦，你和毓一样大。"我说："那我就叫你陈姐了。"陈敏说："好啊。这样我们的交流就随便多了。"

我一直说要去商州拜见陈敏大姐的，可是一直脱不开身。十一黄金周期间，琰君忽然给我打电话，说陈敏受邀来洛南玩，问我是否走得开。我说："能！怎么不能！我这就把门市部关了。"换了衣服，刮了胡子，怀着紧张、不安的心情到了华阳大酒店。在大厅没有见到他们，我打电话问琰君，他说在农贸市场吃糊汤呢。我一笑，没啥吃了？吃糊汤？我的意思有朋自远方来，应该去饭店吃啊，怎么去小摊吃农村人吃腻了的糊汤？我在小摊上见到吃糊汤的陈敏时，紧张、不安的情绪一下子荡然无存了。我握了陈敏的手，握了和陈敏一起的女士的手，我们很自然地摇着，陈敏说一下子就认识了。我说是啊是啊。同行的郝忠慧先生我认识，是《商洛日报》的，陈敏给我介绍她身边的女士，这位是郝忠慧的同学，也是我的朋友，苏朝红女士。

苏朝红女士留着齐肩秀发，长着一张明星脸。我刚在他们旁边落座，苏朝红就和陈敏看着我笑成一团，我听到她们说没见面还以为是一位女士呢。我自嘲地一笑，是啊，我这个人名字不好，是一个很女性化的名字，没见过人光看文章总认为我是一个女士的。大家都笑。朋友间的距离一下拉近了。

驱车去城西五千米外的抚龙湖。沿着石条筑就的台阶登上湖堤时，我注意到陈敏穿着棉质、厚重的裙裤。条格线衣外套无袖、敞领坎肩。坎肩和裙裤的颜色呈暗色调，给人一种很质感的震撼。陈敏的长发像黑色的瀑布，从头部泻下来，泻到腰际，如果不是陈敏用一只暗色的发卡束缚，它怕要一直飞流直下三千尺吧？

我们一行六人坐船在抚龙湖上游玩，看到岸边水中突出的石上一只小小的水鸟在梳理羽毛，看到一行野鸭从水面扑拉拉飞起，也看到琰君给陈敏抓拍的半身特写。琰君数码相机里陈敏这张近距离的照片，有着恬静的神态安逸的微笑，大家闺秀的风范，成熟女人的雅致……在抚龙湖酒楼的天台上，迎着微微的秋风，身依汉白玉栏杆，背靠郁郁葱葱的大山和一望无际的水域，陈敏说，再不要拍照了，我这个人不上相的。我身边的苏朝红说，陈敏其实很古典的。我望着轻声细语、一身布衣的陈敏，仿佛看见从二三十年代旧上海的小巷里走出一个款款的女士。我的脑子里忽然冒出一个词，这个词是在海南女作家刘朵儿的博客上看到的，这个词就是——小城名媛。

我把陈敏和小城名媛联系在一起是不会错的。是的，陈敏是小城名媛，这不仅是她的出身——陈敏的父亲是小城博物馆老馆长——更主要的是她的才气和气质。陈敏是另一层次的女人，如面前这一泓深沉而博大的湖水，沉静而有内涵，不显山，不露水，大气仿佛与生俱来。

就要上出租车了，陈敏忽然想起来了什么，她从随身的包里拿出一个很大的石榴，说："这个还没有舍得吃，留给你拿回家给孩子吃吧！"我这才想起我们在抚龙湖天台上六个人吃两个石榴的情景。陈敏说："这石榴也走了远路的，从临潼到西安，从西安到商州，如今又从商州到了洛南……"这样高贵的陈敏也有一颗平常女人的细心啊。

"古典女人。"朝红说。

"小城名媛。"江东说。

"都在胡说了。"陈敏说。

刘朵儿

认识刘朵儿是不经意间的事。

我在新浪开博客不久，在博文推荐里见到《初识贾平凹》的文章。贾是我一直崇拜的文学老师，又是我的乡党，我就打开了这篇文章。文章写得朴实无华又笔法老道。也许是作者对陕西不是很了解，提起陕西就以为是黄土高坡。文章里把贾说成是陕北人。我就留言了："我是贾老师的故乡人。问好刘老师！提醒一句，贾是陕南人，不是陕北人。他的老家是陕西商洛丹凤县。"时隔不久，文章的作者，博主刘朵儿在我的博文《养石》后留言："谢谢鱼言鱼语！当初有贾平凹的《丑石》，如今有老弟的《养石》；从'故园'到'百花园'，商洛真是块风水宝地啊！朵儿在此问好了！"我又一次去了她的博客，再次拜读了修改后的《初识贾平凹》，留言："再读！再感受！文章如行云流水，读来舒服；情真意切让人感动。学习！有空去我的'家'看看。看见你的题头照片。好飘逸、空灵啊！"

这样，我就在新浪博客上认识了一个很有才气、很漂亮、很有人情味的博友——刘朵儿。有空了我就去她的博客看她新写的文章。朵儿的博客上常常有很漂亮的照片，这是她旅游时自拍的，再配上她空灵的文字让我在读她文章时给眼睛也过了生日，养心，润眼。跟着她的文章，我见到了海南的解放西路，中越边界的北仑河大桥……

2007年春节过后，我在她的博客上见到《2007年春节马来西亚游》、《2007年新加坡游》等一组照片。没有经她同意就制作了一个视频《异域风光——女作家刘朵儿在马来西亚、新加坡》。其时，我刚刚学会制作相册视频，也看好刘朵儿这组照片的异域特色。朵儿并没有怪我，她留言"感谢博主，视频制作得真精彩。""你制作的这个视频很精彩，构思剪接配乐非常好，水平一流！我已将你的这个视频地址转载到我的博客首页，希望更多的博友欣赏到你的高水平制作。谢谢你！向你学习！"

今年春天，我们县上召开了"文学创作座谈会"。我把我在会上的发言稿《让作品说话》贴到我的博客上，朵儿留言"同意楼上的观点。博主登载此文用心良苦。当前文坛太浮躁，能静下心来写作的文人不多了。佩服陕南作家群！"

我贴了一篇文章《爱情不等于婚姻》。朵儿评论"'在生活中，人们反对婚外情；在舞台上，人们歌颂婚外情。'你说到点子上了。这是人类社会学不能破译的一个密码呢。鱼言鱼语的'金手指'挺厉害的哦。"

前不久，我把小女儿写的一篇参赛作文《妈妈，我想对你说》投到《中学生报》并同时贴到我的博客上，朵儿看后留言"妈妈一个人去南方打工很不安全啊，谁知道以后会发生什么变故？家里的男人可怜，孩子就更可怜了。兰兰的文笔不错，真情感人。博主用心良苦。"

……

在虚拟的网络上我们就这样用心交流。在如今物欲横流的社会，这样纯真的交往和交流已经很少了。

"我刚回来，自驾车走了 13 个省，写了《西行漫记（之一、之二、之三）》，配了不少图片，有空去我的'小屋'看看吧。"看到朵儿在我博客上的留言，我去了她的博客。我才知道，怪不得这么长时间没有见到朵儿更新她的博客了，原来她又和老公（朵儿称"老哈"）自驾车出去旅游了。看到他们拍的那么多的好照片，我目不暇接。美美享受了一顿丰盛的视觉大餐。读到朵儿那么空灵的文字，简直是对人心灵的一次洗涤。剑门关、青海湖、拉萨；鼓浪屿、金门；沈园、鲁迅故里、周庄、乌镇、南京夫子庙……这些充满浓郁文化氛围的名字在朵儿的博客里散发着浓浓的书卷气息。这些古色古香的地方，让无缘亲历的人也饱享了一回眼福。

第一次看四川寒峰给朵儿制作的视频《梦回沈园》，没有成功，遗憾。又把刘朵儿和老哈《走进沈园故事》的摄影图片弄来制作了一个相册视频《沈园的故事》。

我从文章里看到朵儿说从西北回去时翻过秦岭，经陕西、河南、湖北等地……我就给她留言"你是不是走的 312 国道？那儿就是我的家乡啊！

你可能已经从贾平凹的故居门前过了呢？"她回访留言："我们走的就是312国道呢，那条路好长好长啊！路过商州一带，我坐在副驾驶室不停地说：'哪个院子是贾平凹的老家呢？''这里是不是鱼言鱼语的家呀？'是深丘吧，那天云缠雾绕，好阴哦。沿途路边都摆有山核桃等卖呢。我们拍了照片，只是没找到你们的故居，遗憾。"

　　这就是刘朵儿——我新浪博客上的好友。

旧时光，再见

很多我们以为一辈子都不会忘记的事情，就在我们念念不忘的时光里，忘记了。

很多我们以为一辈子都不会改变的事情，就在我们一个转身的时光里，改变了。

天空开始蓝得不像话，有飞机飞过之后留下来的痕迹，长长的伸向远方。我坐在窗子边上的位置，抬起头看天空，澄明透彻，就像我们曾经单纯的青春，那样干净而明朗，如同你的笑容，一直印在我的脑海里。在一起的所有时日，它们总是会动不动便一起冲进我的脑海里，那么多的你，笑着的，闹着的，生气的，开心的，可爱的……它们一直一直在对着我笑。我很爱你，我很爱我自己。我一直以为在很多很多年后，当我们都白发苍苍的时候，还可以手拉着手，彼此微笑着，是一辈子都不会变的好朋友，永不分离。

世事如此多变，终究，我还是弄丢了你，曾经在我的生命中最重要的人，同时弄丢的，还有我们曾经肆意的岁月，深刻的友情。

你不会知道，你的离开带给了我多大的痛楚，后来每一次想起你，眼泪都会溢满我的眼眶。而我只能独自抱着我的悲伤，将那些绵长的眼泪和巨大的难过一点一点流进心里。心里装满了水，不敢动，怕溢出一地的悲伤。

在我的青春里，你曾占据着无比重要的位置，闪闪发亮，你曾是我的传奇。

而那些传奇，那些生命中的传奇，都渐行渐远。

记忆像花朵般慢慢绽放，暗香萦绕，而我已经回不去。那些开心的，难过的，温暖的，伤心的，美好的，破碎的属于我们的流年，唯美而真切，如同花朵一般印在我的皮肤上，记忆里，经久不灭。这是我成长的历程。而我已经回不去。

成长是要付出代价的。

它伴随着欢乐与泪水，开心与难过，得到与失去……

然而，无论如何，我们都要长大。

合上书忘记美好的童话世界，睁开眼看一看现实世界里刺眼的阳光。

我开始慢慢学着平静，学着用一份平常心来面对很多人很多事。有时候，或许一个转身，就能抹去很多东西，重要的，不重要的，一直都在经历中。

光阴似箭，匆匆而过。记忆是无数幅唯美的画面，单纯而美好，是我对这个世界最终的诠释。我义无反顾的朝着与原来相反的方向奔跑，一路荆棘，却没有花开。而我仍旧固执的不肯停下来。一个人看残空破晓，看夕阳染红整片天空。

花朵盛开，花朵枯萎。青春就这样缓缓而过。

时间一天一天一天地过去，过去了，就再也回不来了。你说，这是悲哀还是幸福？

所有的一切，是不是都有它的极限？你说，这是悲哀还是幸福？

我只是怀念，不是留恋。

我开始一步一步远离曾经美好而单纯的时光，走向久远而成熟的成人世界。背负着所有人的期许，蹒跚地行走在成长的路上，痛并快乐着。

我是幸福的，我相信。

并且我会一直幸福下去，我一直都相信着。

半个苹果的爱

点燃一支烟

　　40 岁前，我一直标榜我是不抽烟、不喝酒、不打麻将的。抽烟喝酒打麻将在"正常人"看来是"坏"人的标志，反之，就是一个"好"人。我常常在别人递给我烟时用手挡回去，紧跟着说，我不会抽，非正式场合，我还会说一句，我是抽烟喝酒打麻将都不会，有时候，还要加上一句，也不会跳舞。在县城 10 年了没进过舞厅。这样说着，好像我就是一个"正人君子"了。朋友就说："哦，没看出来，还是一个'好'人啊！这样的人现在已经不多了。"

　　今夜，当我在网上溜达了一圈，看到小小说论坛上还是那几个"熟面孔"在"唱戏"，龙漫文学网上小说沙龙里也没有新帖，就下了论坛，打开我的新浪博客，没有网友来过，去朋友琰君的博客看了他的两篇随笔文章《夜深了，网络遇到一个逃婚女孩》和《点燃一颗烟，燃烧疼痛》。前者借写网络上一个逃婚女孩写出了镇安的风物人情，我佩服的是他写故乡（我们都是商洛人）山水人物、风俗世情的才情和文笔。后者写出了作者对孤独的感受和无奈。我的心情也跟着沉重起来。我是抽着烟看后一篇文章的。一支猴王抽完了，文章看了一半，我又续上一支壹枝笔继续看。我看文章有一个习惯，就是感动了我、感染了我、引起我共鸣的文字，我就会读出声来，带了感情的阅读。

　　琰君的孤独也感染了我。我知道了我近几天的烦躁和不安也是因为孤独所致。我每天上小小说论坛的目的无非就是去看"发表提醒"有没有我的消息。可是每次都让我失望。乌鲁木齐玫瑰和龙漫邀我去龙漫网做版主，我一方面是感动于老朋友对我的信任，一方面是对自己能力的怀疑。我在踌躇和犹豫了一个礼拜后还是去了龙漫网做了"小说沙龙"的版主。

可我越来越对自己失去信心了。原以为妻子离开我，我自由了，我可以写出好多东西了。可事实是，我的脑子更像一盆糨糊，理不出头绪，写了几篇小小说贴到论坛上，跟帖者众，其中一篇还上了三月份好帖推荐榜。可是我永远都是给别人"垫碗子"的。那只能引起别人的嘲笑和讥讽，就好像我去年年末拿自己的小小说去参加"第三界中国小小说金麻雀奖"一样可笑和自不量力。

我又打开我的敏思博客。这是我重操笔墨之后的第一个博客。我所有的文章和信息都在这里，我几乎每晚都要去看看。在那儿有朋友的留言和评论，可今晚它还是让我失望，没有一个人在那儿留一个字。我不知道我冥冥之中希望看到的是谁的留言？我明明知道，不会有的，可我还是要去。我从这个博客登陆那个博客，还是没有，我又从那个博客登陆另外一个博客，还是没有一点儿信息……

我又点燃一支烟，打开我的QQ，我希望在这里看到我想看到的，可是没有。QQ里是我不想看到的人。那些无关疼痒的图像在闪啊闪，我最害怕的是和话不投机的人聊天，不是说时间，我的时间本来也不宝贵，我可惜的是我没有一个聊天的好心情，倒把朋友慢待了，人家还以为我架子大呢。

朋友博客的埙乐如泣如诉。这样的夜晚，这样的心情最适合听这样的音乐。我记得在去年最艰难困苦的日子里，我一开门，就放那个葫芦丝的带子，路过的人听不懂，说我怎么放那样悲凉的调子？我说我喜欢。有谁知道我心中的痛啊？我那篇在小小说论坛原创处女地的帖子，青虹跟帖"哪几个人真正了解江东的心？"是啊，世界上的人千千万，能知我心的有几人？

抽烟在口，苦的是喉咙，伤的是内心。前几天去西安看了大女儿，很失望。去年看着她在家乡的中学成绩下滑，就去山外跑了一圈给她找了一个封闭式学校。去学校办手续前，我对她说："学校的情况你也看了，课你也试听了。你觉得行，咱就办手续，你觉得不行，咱就回家。"她和她母亲通了电话，她觉得行。我就说："现在后悔还来得急，手续办了，后悔就来不及了。"她说不后悔。可现在刚刚上了半学期，第二学期才刚刚上一个月，她又闹着要回来去洛中上。我说："为什么？"她说："礼拜天，别的同学都回家了，就她和一两个同学在校，寂寞。"我说："咱来学校是学习的，不是图玩的，如果那样，当初就不用花钱跑这么远的路来上学了。"她说："回洛中不是照样可以学习吗？那样，花钱还少。"我知道她这"花钱还少"只是借口，实质上是她的"玩心"还在。我说："你就不要想了，洛中能进，当初就进了，还能等到现在？"她又说谁谁谁在西安上学，现在都进了，谁谁谁在职教中心的，也进了。现在进比原来容易得多。我说我没有那个本事。况且洛中一个班七八十个学生，你的成绩又不好，只能坐到教室后边，你的眼睛又是近视，老师能顾上管你吗？你是想学习考上大学还是要回家和朋友玩？她说我光想我自己的不替她想。我说我早都想了，你现在回家过上一年半载，将来考上一个普通大学（不敢想什么名牌大学）也还是要离家出去上学的呀？她不语，但从眼里看出她还是不愿意听我的话。这就是我从小就让她学画画、学书法、学音乐、学电子琴、上剑桥英语，让我引以自豪的大女儿吗？从小，认识她的人都说，我这个女儿是上大学的材料。可我没想到，她是越长大越让人失望。

烟灰缸里的烟屁股乱七八糟地躺了一堆。有一股青烟袅袅地升腾。这样的夜，这样的心情，这样呜呜咽咽的音乐，还能写出什么有质量的文字？

今夜无眠。

乱乱的文字像我乱乱的心不可收拾，不说也罢。活还要做，人还要活。上天生了我来到这个世界上就是让我来遭罪的，我无语，我只是不甘心，我的命运不该总是这样。可是，不这样，又能怎样？

活 着——
生命是如此脆弱

　　早上起来，还没有走出房子，就听见楼下有很压抑的哭声。我站在窗前，看见两个妇女搀着一个老太太步履蹒跚地往西边走去。我在想，这一定是隔壁地税局刚刚去世的那个人的母亲了。

　　洗漱结束，我去上厕所，看见在厕所的对面，沿河边的人行道上，安放那个人遗体的彩条布棚前，站了黑压压的一片人。我听见有人在宣布：XXX 同志的遗体告别仪式现在开始。走出厕所，我加入了这黑森林般的人群。我看见地税局的人胸前都戴着一朵小白花。当主持人宣布向遗体告别时，亲友们一一走进棚中，这时候，棚里边一下子骚乱了，几个妇女连拉带抬把一个女人搀出来。有人说，那是死者的爱人。看着痛不欲生的女人，我的眼睛一热，也有流泪的冲动。我知道这个离我们而去的人生于1965 年，今年42 岁。只比我长一岁。我心里忽然就冒出一句——生命如此脆弱。

　　前几天上厕所，听见女厕所那边有人议论，我们前面河坝沿门面房做小百货批发生意的湖北老王的老婆死了，在商州火葬后回湖北了。我很惊讶，印象中那个总穿一身蓝底白印花棉袄的老太太是一个很精神、很能干的妇女啊。出了厕所，我专门去那个湖北佬的门前转了转，我不相信她真的走了。我们相隔也就不到50 米，只是中间隔了一栋房子而已。我常常在她的门市部买东西的呀。现实是，那个连大年初一都开着的门，现在却是关的严严实实。绿色的木板门油漆剥落，门板上面和格子窗上的蜘蛛网和门板上的灰尘写意成一种悲哀和凄凉。回到门市部，我从隔壁开饭店的老板那儿才知道，这个精精神神的老太太，其实并不老，也就是50 多岁。她是前三天中午 12 点左右发病的，送到医院，第二天中午就没人了。

时间再往前推移，2006 年的暑假，同样在县城做生意的我的老乡的儿子忽然就没有了。听到这个消息时，我也不相信。那个活蹦乱跳的小男孩从小学就和我女儿在一起上学的。他爷爷我应该称呼姑父的，总是来我家找我女儿给他孙子问作业的。听说，这个男孩上初中后，学习比小学要好得多。可是突然间，说没有了就没有了。他是在老家和几个孩子去水库游泳时掉进水里就没有出来的……我还是不相信！当我见到男孩的母亲时，看着她憔悴的面容和还没开口就流出的眼泪，我相信了。

2003 年，我大哥从河南回家。在外拼搏多年，人累了，心也累了。本来要在绿树包围的乡村好好修养几年的。可一年没有出去，嫂子就埋怨："只有出的钱，没有进的钱，这样的日子能过多久。"大哥就去县城中心地段开了一家鞋业品牌专卖店。他多么想在家乡大干一场啊。生意是不错，可他却累倒了——晚期肝癌。县医院、西安第四军医大学附属医院都去了，钱花了不少，罪也受了不少，第二年春天，47 岁的大哥还是永远的离开了我们。

生命是如此的脆弱啊！

热爱生命

乡下朋友的女儿在深圳打工。有一天，这个朋友忽然来找我，急急忙忙对我说，女儿在深圳出车祸了，她和女儿的叔叔还有村上的干部三人现在要去深圳。她说，她对法律不懂的，过去了，有什么问题要给我打电话咨询的。我说，这当然没有问题。我想知道的是孩子有生命危险没有？她说："电话里说很严重。"我说："只要没生命危险就好。"后来，这个事情还是让我的爱人去深圳交涉了。她们总想着用各种办法多要一些钱。我对她们说："想开一些，如果当初出车祸时，没有了女儿现在该咋办？想开些，只要人在就什么都好。钱多钱少都不重要，重要的是我们的孩子还在。钱是可以挣回来的，而生命对于我们只有一次啊，失去了就不会重新再来。"

而生命对任何人来说都是个未知数，谁也不知道他的生命在哪一天就会突然失去。人人都知道自己的生日，人人都不知道自己的去期。所以，在我们有限的生命里，要珍惜、要热爱。干我们喜欢干的事，爱着我们应该爱的人。世界上有些事情说错过了，就永远的错过了，不能弥补。

张海迪是我上中学时的英雄。她的事迹不是在枪林弹雨中和敌人拼杀，她是在和病魔的斗争中成为英雄、成为全国人民学习的楷模的。人们学习的其实就是她热爱生命的精神啊。

我写过一篇文章《唱着生活》。写的是个双手都没有的残疾人自强不息的生活态度和生活状态。不乞求，不讨要，他用自己的歌声来换回他应得的报酬，支撑他的残缺的生命。这也是另一种热爱生命的表现方式。这篇文章后来在报上发表了。在圈子里的反响很不错。

热爱生命，生命对于我们仅仅只有一次啊。

把握今生

佛家说，人有三生，前生，今生和来世。文学作品里、戏剧里常常有今生不能……来生定要……这其实都是骗人的，说得好一些，充其量也是画饼充饥，给当事人一种精神安慰罢了。我同样写过一篇小说《下辈子不能在一起》。在陕南山区，双方丧偶的男女在一起生活了，不论他们现在过得多好，感情有多深，他们和先前的配偶有多少宿怨，当他们中的一人先逝去，这个人肯定要和他（她）原来的配偶葬在一处的。你说，下辈子还能在一起吗？

所以说，作为现实的人，我们最好是相信今生，把握今生。

人生在世，正常活着，也就六七十年。前20多年是懵懂，是活在父母的翅膀底下，吃喝不愁，没有自己的思想。中间20多年是上有老，下有小，整天累的跟拉磨的驴一样，只有了别人，没有了自己。等孩子长大了，交代过了，去过他们自己的光景了，老人也安稳了，心里说这下终于轻省了，镜中看到的却是鬓角的白发和眼角的鱼尾纹。

在我们有限的生命里，我们更多的是为别人活着。穿了这件衣服，别人会怎么看？做了这个头发，别人又会怎么看？我挣不来钱，买不了那么大的房子，别人也会怎么看？我做自己喜欢做的事，别人愿意吗？别人同意吗？别人喜欢吗？也许，你会说，你上面说的这一切都是你自己的事，你自己做主，别人懒得管。错了，把这个别人换成老父老母，换成配偶，换成子女，这一切还仅仅是你自己的事吗？

我们这一生，为自己活得少啊！

把握今生，为自己活着。

半个苹果的爱

第六辑
半个苹果的爱

半个苹果的爱

半个苹果的爱

18岁的时候，她恋爱了，轰轰烈烈的三年，却没有成正果。

24岁的时候，她结婚了，和大多数人一样，第二年就生了女儿。因为想要个顶门立户的男孩，就离家出走，漂泊他乡。第三年，她又生了个女儿。心里不服气，还要生，就把二女儿寄养在娘家。结果第五年生了第三胎，还是个女儿。这时候，二女儿因为身体不好也回到了她身边。看着扎羊角辫的大女儿在门前玩泥巴，看着刚刚扒了床沿挪步的二女儿和襁褓中的三女儿，她绝望了。男人说："把这个女儿给别人吧！"她不舍，养了7个月，还是给人了，说："要认，如果不让孩子认父母就不给。"领养的人家说："孩子管我们叫爸叫妈也管你们叫爸叫妈。"她把大女儿放到老家，和男人、二女儿去了山外。

在豫东那个出产金子的小镇，他们沿街买了个摊位，打烧饼、卖棍棍面。下雨了，孩子放在钢丝床上，钢丝床放在摊位后的过道里；天晴了，孩子就放在摊子边的椅子上。晚上收摊迟，就把孩子一个人放在租住的房子里。有时候，收摊太迟，干脆就用塑料布蒙了摊子，在卖饭的案板上过一夜。下雨了，雨点落在塑料布上，砰！砰！砰！像鼓槌敲打在鼓肚上；刮风了，打雷了，闪电了，她和男人搂抱在一起，嘤嘤地哭出了声，她边哭边说："跟了你，罪就受咋了！啥时候能活得和人一样啊？"哭归哭，埋怨归埋怨，天晴了，下雪了，她还是和男人在异乡的街道上卖饭。大年初一，人家都在穿新衣、过新年，她和男人却在街道卖米线。人家过年买鸡是自己吃，她买鸡是给别人吃——为了多赚一点钱，为了摆脱逃避计划生育而带来的困境。在结婚后的第六个年头，她又生了，还是个女儿。来看孩子的亲戚说："你是板凳腿的命，第五个肯定是儿子。"亲戚走了，她对男人说："我再不生了，我不是生娃机器，没儿子就没儿子。"她自己去医院做了节育手术，和男人回老家县城做起了小生意。

第四个女儿到最后还是给别人领养了。她还是那句话，要认孩子。

40岁的时候，她终于在县城有了自己的房子、自己的摩托车、自己的电脑，两个女儿也都上高中了。两个店，一个童鞋店，一个童装店。生活终于安稳下来，是那种往前比咱不如人，往后看人不如咱的光景。早上去小城南边的游乐园健身，然后开门营业，晚上关了门，要么去山上散心、要么去超市买水果点心。生活就是这样的平平淡淡，不起一点波澜。看电视剧的时候，电视剧里的女人那样浪漫、有激情。她总是埋怨自己的生活寡淡如水，埋怨男人不懂爱情，自己一辈子就是受苦，没有享福。

后来，她学会了上网。在网上认识了一个叫"爱你一万年"的男人。男人一上线就说"我爱你!"。40岁的女人心海竟然涌起惊涛骇浪。40岁的女人用手抚了脸，热热的，如火。她就开始迷恋上了上网、偷菜、聊天、在网友的甜言蜜语里陶醉。爱上了网络的她渐渐对男人冷淡了。

男人呢，那个不懂得说"我爱你"的男人还是那样，早上起床，洗了脸、刷了牙，男人就把早就凉好的白开水倒出半杯给她；出去锻炼前，必在厨房洗一个苹果，然后用刀从中间切成两半，把一半给她；上仓颉大道时，因为坡度大，她总走在男人后边，男人上了一半，必要站在那儿等她；晚上临睡前，男人把订的鲜奶热好，倒出半杯给她，她说："那是给你订的，我不喝。"男人说："喝吧，营养品喝多了不吸收。"

有一天，那个"爱你一万年"约她出去，她没有，那个男人就从她的QQ好友里消失了。她好像病了一样恍惚了好几天。男人还是半杯水，半个苹果，半山坡上等她，半杯鲜奶硬要让她喝。

那天，她百无聊赖地翻开床上一本男人看过的杂志，目光所及是一篇《只爱一点点》的文章。从来不喜欢看文章的她竟然把那篇文章看完了。文章里说，只爱一点点，像观音菩萨用柳枝蘸仙水那样，一点点就够了，一多就泛滥了。她忽然就想到了男人的半个苹果、半杯水、半杯奶，还有男人在半山坡上等她。原来这么多的"半个"就是爱啊，是实实在在的爱。那个说"爱你一辈子"的男人其实说的全部是谎言。爱，只需一点点，一生只需一点点。就像男人的半个爱，永远。

第六辑　半个苹果的爱

大肚佛

谁也想不到，包括我，穿城而过的砚川河里竟然能淘出这样的石头。

这条河原本是一条川流不息的河，虽然它的河流不是很大，虽然它的河水不是很清。但它日夜不息地流着，春夏秋冬地淌着。岸边有依依的杨柳，水边有绿绿的青草。天气特别好的时候，宽阔的河面还会倒映出蓝天和白云。更让小城人惬意的是，夏天的傍晚，小城的年轻夫妻，会领了孩子，去河里淌水，水里有细细的沙子，有或白或黑的石头。大如磐石，可坐；状如小狗，可唤；更有那细白如玉的鹅卵石，握在手心，温润，安适，看着养眼。

这样的时光已经离小城人很远了。

不知什么时候，小城的河流已不再流淌，小城的河已不再叫河，叫坝。人们用石块和砂浆把河箍起来，用橡皮坝把河流堵起来。用汉白玉栏杆把河围起来。于是在小城，再也没有了穿城而过的砚川河，没有了春天淙淙的流水声，没有了夏天夜里的蛙鸣，那些碧绿的水草、那些黑白分明、形态各异的石头只能是小城人梦里的童话。

这个夏天，小城的父母官心血来潮，要改造横跨砚川河上的一座桥。施工队住进河道后，河道里的橡皮坝都瘪了形象，似几条死蛇匍匐在黑泥渲染的河床。几场暴雨，河又展示了它富有生气的一面。雨过天晴，渐渐清亮的河水里露出了各色各样的石头，水边的河床里也长出绿绿的水草。从施工队撕开的护栏处，小城的男男女女又可以下河了。小孩子挽了裤腿，脱了箍脚的鞋，在河水里尽情嬉戏；大人坐在河边突出的石上，或者洗衣服，或者和同样坐在河边的人说小城轶事。有叫不上名字的小鸟在水上、在草间起飞，鸣叫；在小孩子的惊叫声里，大人看见有几尾小鱼，围着小孩的白嫩的小腿在啃。

这个夏天的晚上，小城的男人女人、小城的孩子又一次听到了蛙鸣。

一天早上，一个男人，来到河里。男人站立在河边突出的石上，使劲把拖把在深水里涮。这个时候，一缕阳光忽然照在男人面前的河水里。金色的点子在男人的眼前一闪一闪。在这一闪一闪之间，男人的目光忽然被一块石头吸引，这块石头通身闪着金色的光芒。男人定睛看那石头，捡起来，放到另一块石头上看了，男人脑海里冒出的词句是"大肚佛"。真的，这真的是一尊挺着大肚子的佛呢。你看它自信、自尊的肚子。男人脑海里紧跟着冒出的词句是一副对联"大肚能容容天下难容之事，开口就笑笑世上可笑之人"。这幅对联记忆里是四川乐山大佛的对联。不很准确。男人最喜欢的是对联的上联。包容、大度，而下联就有点自大、独尊的意味了。按男人个人的境界，非常喜欢这尊大肚佛。这尊佛突出的是"大肚"，隐藏的是"可笑"。

这个男人是我。

大肚佛，得来不易。如果这条河不再现身，就永无面世之日。

大肚佛，得来易。得来全不费功夫。

这尊大肚佛，我供奉在我的书桌上。每日看着它，用以自勉和自省。

酒　事

　　2004 年出了一本诗集，这是我搁笔 18 年后又重新走进文学圈子里第一部作品。那天晚上第一次和小城的文友坐在一起喝酒。我不会划拳，喝酒也不行，就很尴尬。

　　有了这第一次，就有了以后的很多次。朋友打电话，XXX 今天搬家。就给老婆说，又有酒喝了。老婆就说，少喝酒。老婆一百个不愿意。这个酒不是好喝的。城里的情最少是 50 元的份子钱。我们的小店弄不好一天还挣不到 50 元的。但这是打肿脸装胖子的事，你又不能不去，去了又不能不喝酒。

　　相好的朋友也无所谓了，最难受的是一般的朋友。朋友打电话来了，你不去吧，接了电话，说明你已经知道了，不去以后见了朋友的面会更尴尬。去吧，交情也不深，有人介绍了，认识了，忙的介绍不了，喝了酒，主人还不知道你是谁，热脸贴了个冷屁股。

　　几年前，身体不好。医生嘱咐千万不能喝酒——这倒好，去酒场前，老婆就千叮咛万嘱咐不要喝酒，回来了还要用鼻子闻闻，说，喝酒了？一身的酒气！赶紧辩解，真的没有，真的没有！不信你闻，就把嘴巴凑到老婆的鼻子前，老婆一巴掌打过来，去去去，臭死了！就得意地笑。那时是真的不喝酒的。老婆的话可以不听，谁能不把医生的话当圣旨啊？酒情诚可贵，生命价更高啊！

　　老婆走了，半个月里，就有三个"人情"。坐在酒场上，有人把酒盅递过来，两手捧了，递到你的面前，你能说不喝吗？你说我不喝酒。人家说，哪能呢？男子汉不喝酒谁信啊？再说了，写文章的人不喝酒能写出文章吗？你是看不起老哥吧？三句话说完，你不得不接过酒杯，心里想，不就是一杯酒吗？喝！这倒好，喝了第一杯就有了第二杯，喝了第二杯就有

半个苹果的爱

了第三杯……是找回男子汉的尊严了，可受罪的是胃。

早上洗衣服，开门迟。见电话上有未接电话，也没理。一会儿电话又响，接了，是XXX的。他说，你的电话真难打啊。我说我才下来，才开门。他就说，XX给他父母贺80哩，在华阳大酒店二楼。我就问，哪个XX？我的记忆里，小城文学圈子里这个名字很生疏的。他说西安那个。你不记得吗？我说，哦，我想起来了。他是我18年前就认识的文学老师。当时他在县文化馆的，我还在上高中，写了文章常常拿去让他看的。那年他主编了县上唯一的文学小报《灵泉》。后来他去西安发展了，听说很不错，是《xx报》的主编。现在应该是衣锦还乡了。

我这个人有一个臭毛病，就是不喜欢求人去发表文章。我就想，我是业余的，写文章纯粹是为了消遣。发表了更好，不发表也不强求。我本也不靠它吃饭的。这样想着，就有了不去喝这个酒的意思。XXX说："你看吧，省城也来人，文化艺术界的，说是坐7点的车，到这儿就是11点左右。到时候再联系。"我说好。

正忙着生意，电话又响了。看时间已是11点过几分了。电话一接通，XXX就说："你赶紧过来，在华阳二楼。X老师都在的。"我连推脱的机会都没有，只有关门。

看着那么多省城文化艺术界的朋友、潼关企业界的朋友、小城政界的领导、文学圈里的朋友、还有主人的老少亲戚都在为了那个坐轮椅的老太太忙碌。那么多照相机、摄影机对着老太太闪啊闪，我看到的不是盛况，而是做秀。我在想，如果不是XX的成功，这么多的有身份的人会给这个半瘫的老太太做寿吗？答案是否定的。

XX带回他两本书，一本小说，一本诗集。我是在酒桌上见到隔壁的人手中拿着才知道的。我向那人借了一本，那人好像还不愿意给，我就说，看了给你。

两本书，我只看了两本书的名人做的序和作者的后记。

如果仅仅作为个人资料的收集和敝帚自珍还可，如果让读者去看，我以为花时间去看这样的文字简直是浪费，有这样的时间和精力最好是去看看《小说月报》或者《小说选刊》。

喝了一次酒，看了两本书，悟出一个道理——文坛上的事不亲眼看见还是不要当真的。不要只看陈XX怎么说、贾XX怎么说、肖XX又怎么说，要自己去看，看完后，或者看了两三页自己怎么说才是最主要的。

最近看了《小说月报原创版》的几篇小说，广西作家鬼子的长篇小说《一根水做的绳子》和石钟山的《天下兄弟》，还有一个记不得名字的作家的短篇小说《翘翘板》，感动得流泪。那种语言、那种故事的叙述节奏、那种人物感情的描写简直让你佩服的五体投地。

我要说的是，写作，从来是做不得假的。也来不得半点虚的。我在和小小说作家陈毓QQ聊天时，本想和她套近乎的——知道她是我的老乡——可她说，文字里见。我一直觉得她这句话说得很有水平。是的，写作不是套近乎，写作也不是拉关系，写作就是你认认真真地写，默默无为地写，一个人孤独地写，只有写出好东西了，读者才认可你，评论家才认可你，文坛才认可你。作品的优劣是要经得起读者检验的，是要经得起时间检验的，不是几个名人说了算的。我记得我出个人诗集时的原则是宁"薄"勿"滥"，这个"薄"是指书本的厚度，这个"滥"是指不要把自己都不满意的东西硬塞进去"污"读者的眼。

喝酒，很无奈；读书，很失望。

放　手

　　一个天气很好的早上，红红的太阳正从体育场东边的楼房后徐徐升起来，给早春的体育场上洒满暖暖的阳光，梧桐树露出嫩嫩的浅黄色的树芽，足球场上的草儿争先恐后地从沙子、泥土里冒出来。

　　一个男人，40多岁的样子，灰衬衣，深蓝色西服，站在太空漫步机上很久了。他一边有一搭没一搭地岔开双腿做前后运动，一边看着不远处那个女孩。女孩也就十七八岁的模样，粉红色的休闲衫在春天的阳光里热烈地张扬着，女孩的头发很好，笔直地、飘逸地在脑后泛着金子样的光芒。女孩的两手抓着太极推手器的把柄，把脑袋歪在推手器鹅黄色的转盘上，偶尔乜斜男人两眼。

　　男人看着女孩，心里想，你该下了吧？健身器械是让市民健身的，你怎么能趴在上面睡觉呢？玩够了就该下来，让其他人去健身啊？

　　但女孩似乎并没有下来的意思。女孩只是抬起了头，又开始转动推手器，转动的幅度并不大，很悠闲、很懒散的那种姿势。

　　男人在心里气愤了，停止了单腿的前后运动，开始双腿并拢，做荡秋千那样的运动。男人一边运动一边不时观察女孩。

　　女孩是附近学校的学生，礼拜天不上课就来体育场玩。女孩最喜欢的运动就是荡秋千。女孩来到体育场的时候，男人就在太空漫步机上运动。女孩只好站到太极推手器那儿，做自己其实很不喜欢的太极推手。女孩想，等那个男人下来了，她就过去荡秋千啊。女孩顺时针做了100圈，看男人，男人还在做单腿交叉前后运动；女孩又开始逆时针做了100圈推手，偷偷看了男人一眼，男人还是没有下来，正在做女孩最喜欢的荡秋千。女孩心里想，这个荡秋千做完了，男人就该下来了吧。女孩漫无目的地摇着推手器，她甚至把头枕在推手器上，在暖暖的阳光里，女孩一瞬间都进入了梦乡。女孩忽然惊醒，抬起头，那个男人还是没有下来。女孩看见男人有一搭没一搭地在漫步机上移动，就是没有下来的意思，女孩生气了，这个男人看着挺有气质的，咋没有一点公德啊？那健身器是给大家健身的，不是给你一个人的啊？

女孩也观察到男人不时乜斜过来的目光，女孩甚至恨起了男人，该不是个披着羊皮的狼吧？

男人最喜欢的健身器材就是太极推手器。男人以前在州城是和大家在商鞅广场打太极的。回到小城后没有人组织就一个人在太极推手器上做。男人来体育场时，推手器上刚好有人，男人就在太空漫步机上运动，等那个人下。男人一个疏忽，太极推手器上又换了个女孩。

男人一次又一次地看女孩，女孩还是没有下来。男人就很生气，我不信我耗不过你！

女孩见男人还没有下来的意思，也生气了，反正我今天也不上课，不信等不到你下来！

男人就在太空漫步机上做逍遥游；女孩就趴在太极推手器上晒太阳。

太阳已经一竿子高了。体育场上锻炼的人也慢慢散去。男人终于没有耐性了，恨恨心走下太空漫步机。就在男人走下漫步机的一瞬间，男人忽然发现，女孩也放开了太极推手器上的把柄。男人要的东西终于到手了。

女孩一脸阳光，对男人笑笑，快步走向太空漫步机。

男人的脑海里忽然浮现出电视里那个讨厌至极的广告画面，那是一个白酒广告，品牌是"舍得"。男人自嘲地摇摇头，脸上浮现出久违了的微笑。

穷人的富贵病

男人是在一次偶然的体检中得知自己得了乙肝。男人问递给他化验单的白大褂："这病要紧吗?"白大褂说："最好去西安正规医院看看。"

男人就和女人来到了西安。医生在给男人望、闻、问、切，女人在一边絮絮叨叨地给医生说男人的病情。医生把了男人的脉，翻了男人的眼皮，又让男人把嘴巴张开，看了男人的舌头，又拿起男人的手掌摩挲了。末了，医生说，是有点严重，最好去做个检查。医生开了个单子，男人就拿了单子上二楼。

下午，男人和女人重新来到医院。化验单出来了。男人看不懂，女人也看不懂。医生说："大三阳，HBV—DNA 单位很高。最好住院。"男人看看女人，说："医生，最好不住院。我们家还有两个上学的孩子要人照顾哩。"医生说："那就这样吧，药和针带回去用，记住，针剂要放在冰箱里冷藏。"男人说："知道了。谢谢医生。"

掏了一大笔钱，男人和女人拿了一大包药。就要走了，医生对女人说："这是富贵病，知道什么叫富贵病吗? 顾名思义就是富人才可以得的病，得了这种病的人不要劳累过度，尽量不要惹他生气，营养要好，还要支付高额医疗费。所以家里的事以后你就要多操心了。"

男人和女人在小县城农贸市场租了个台板，另外支了一张单人钢丝床，卖帽子、手套、护膝、袜子等小零碎。两个孩子，男孩，一个上高中、一个上初中，正是花钱的时候。每天他们要把货物搬出去，晚上还要搬回来。置家过日子，两口子少不了磕磕绊绊。他们的伙食永远是早上糊汤晌午面，一成不变，谈不上营养，只图个温饱而已。他们是穷人，不是富人，但是，这个穷人的家庭，一家之主，现在得了富贵病。不但要支付高昂的医药费，还要少劳累、少生气、营养好。

回到租住的房子，男人的天一下子塌下来了。每天的药费就高达70元，那个小摊点的收入都不够支付的，更不要说孩子的学费、生活费。男人对女人说："是我害了你！这以后的日子咋过啊？"女人说："富人过，穷人也要过。"

每天天不亮，女人就开始一包一包从二楼往下扛货物，男人睁开眼，看到女人蓬乱的头发，灰扑扑的衣服，男人的眼窝就热热的，男人说："我来吧。"女人说："医生说不要你累着，你就少动啊。"白天，女人给男人搬一把椅子，让男人坐那儿，女人说："你只用眼睛给我盯着就行，小心货物丢了。"男人就生气了，你真把我当富贵人了，我没事。女人说："注意啊，医生说你不能生气的。"以前，女人心烦了，和男人美美吵一架，心里一下子就释然了。可是现在不能了，女人没有了发泄对象，就把气撒在孩子身上，孩子大了，不生妈妈的气，反过来逗妈妈，妈妈，你是不是到更年期了？女人要给男人补充营养，就去市场买了一大块肥肉，红烧肉端上桌了，大儿子忽然说："爸，你吃不得的。我上网查了，你的病不能吃肥肉。"女人就说孩子："胡说，是不是你想吃啊？"小儿子说："妈，是真的，我也上网查了，我爸的病不能喝酒，少食辛辣食物。补充营养最好是瘦肉和鲜奶。"那一天，女人在街道见到一辆送鲜奶的脚踏车，就给男人订了鲜奶，每晚一袋，只给男人喝。

半年过去了，男人的气色明显好多了。男人和女人又一次来到西安。检查结果出来，医生惊讶地望望男人，又望望女人。医生说："奇迹，真是奇迹，你的HBV—DNA已经恢复正常，肝功各项指标也已趋于正常。知道吗？上次和你们一起来的那个男人已经肝硬化了，人家可是富人啊！"

男人望着女人，满脸是幸福的表情。

谷雨的传说

在秦岭之南，华山之阳，有一条河，当地人叫它"洛河"，中国地理上习惯称这条河为"南洛河"。洛河的边上有两座山：阳虚山和玄扈山，洛河就从这两座山之间汹涌奔流而过，穿秦岭，过中原，在洛阳城附近流入黄河，最后归入大海。

在这个山清水秀，民风淳朴的地方，流传着这样一个有关"谷雨"节的美丽传说。

很久很久以前，黄帝的史官仓颉在洛河流域仰看鸟儿从空中飞过，俯观野兽留在地上的蹄印造好字后，刻勒在洛河岸边的玄扈山上。这斗大的28个字，每到晚上就发出红光万丈，直刺天庭。天宫内外乱作一团，以为又是什么妖魔鬼怪在兴风作浪。玉皇大帝就点兵点将，派二郎神带领天兵神将出了南天门，直奔红光而去。

二郎神到了洛河上空，才发现红光是玄扈山上的28个字发出的。这28个字发出28条红光，照得半边天都红了。二郎神同时看到了红光映照下五姑和仓颉恩恩爱爱的样子。看到那个赤面四目，身材高大的人，二郎神心说，这不是大郎是谁？再细看那女子，这不是五仙女是谁？心里一下子就像打翻了五味瓶，不知是什么滋味。

原来二郎神母亲生了两个儿子，大郎和二郎。大郎生下来就是四只眼，二郎生下来就是三只眼。大郎自小就喜欢读书识字，二郎出世就总是舞刀弄棒。等到他们都长大了，二郎做了武将，战功赫赫，成了玉皇大帝跟前的红人。大郎只知读书写字弄文章，后来就做了王母娘娘跟前的童儿。兄弟二人是各干各的事，你看不上我，我还不想搭理你，二人是多见面少说话。让二人水火不容的是二郎爱上了玉皇大帝的女儿五仙女，而五仙女却爱上了大郎。二郎就不断在玉皇大帝和王母娘娘面前说大郎的坏话，找机会让玉皇大帝把大郎贬入了凡间，永世不得升天为仙。大郎被贬入凡间后，二郎以为这下他就可以和五仙女成亲了，没想到五仙女也突然从天庭消失得无影无踪。玉皇大帝和王母娘娘急火攻心，双双都病倒了。二郎神访遍名山大川也没有找到五仙女，没想到她却偷偷下了凡，来到这么个山清水秀的地方和大郎恩恩爱爱了。

想到这里，二郎神脸都气红了，像西边天上的晚霞那样红。二郎也不惊动大郎和五仙女，收兵回朝，在玉皇大帝那儿告了一状——被打入凡间的大郎在洛河流域阳虚山下造字，泄露了天机；五仙女私自下凡，和凡夫俗子私订终身了。

话说大郎被贬入凡间后做了黄帝轩辕氏的左史官，黄帝赐名仓颉。仓颉在随黄帝南巡到南洛河时正好见到了昔日的恋人五仙女。当地人都叫她"五姑"。她的头发长长的，黑得发亮，披在肩上像天空的祥云一样飘在身后；她的鬓角插一朵阳虚山上洛水河畔随处可见的野花，像天上的仙女一样漂亮和善良；她的文胸是用硕大的牡丹花一瓣一瓣做成的，她的裙子是用香樟树叶一片一片缀成的。五姑走到哪儿，她的身后都有小伙儿在唱情歌"一对对雎鸠相和相唱，在那河中的小沙洲上。美丽而善良的姑娘啊，是我心中的理想新娘"。那时候，洛河很大，水很深、很急。不发洪水的时候，洛河的水清亮亮、甜丝丝的，五姑早上用它洗头，头发就乌黑发亮，中午用它做饭，饭香就飘到十里八乡。

仓颉和五姑相遇后，二人恩恩爱爱，难舍难分。仓颉在五姑的帮助下造好了字，结束了人类结绳记事的历史。

玉皇大帝听了二郎的报告，这个气啊！想不到自己养的这几个女儿这么不争气。七仙女找了董永还闹得不可开交哩，这平常看着老实的五仙女也来给他添麻烦。有心动粗把她弄回来吧，步了牛郎织女的后尘，倒让世人埋怨耻笑落下了万世话柄。玉皇大帝在后宫和王母娘娘商量来商量去终于商量出一个好主意……

玉皇大帝于是就派使者问仓颉要什么报酬？只要仓颉开口，他都能满足。仓颉想，只要能使生灵免于涂炭，黎民得以生存繁衍就行。想到这儿，仓颉说："我只要一样，玉帝能给我吗？"使者说："玉帝说了，为了褒奖你造字有功，能满足你的一切愿望。"仓颉说："那我就要五姑吧！请玉帝把五姑赏赐给我！"仓颉想着，只要五姑和他在一起，他们就能为黎民百姓过上幸福的生活做更多的事情。

仓颉的话音刚落，上天就普降瑞雨。瑞雨过后，遍地都是绿油油的五谷。仓颉在如丝的细雨中却看见他心爱的五姑徐徐升天了，她的一只手臂遥遥地伸向仓颉，眼里是恋恋的不舍和牵挂。仓颉知道玉皇大帝跟他耍了个花招——玉帝给了他五谷，却把他心上的五姑招回了天庭。

后来，人们为了纪念仓颉和五姑，就把遍地的庄稼称为五谷，把普降瑞雨的这一天称为谷雨节。

如今，在仓颉造字的故里洛南县城正南，为了纪念仓颉造字的丰功伟绩，当地人民和政府修建了"仓颉园"。仓颉园林木葱茏，建筑古朴，花红树绿，曲径通幽，是一个瞻仰和休闲的好去处。

暖暖的北京

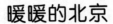
——万篇微型小说入住番薯网侧记

背景：2010年元月21日，在北大博雅国际会议中心，天津出版传媒集团、方正番薯网、中大文景文化传播机构、北京有望传媒、微型小说月报联合举办了"中国微型小说数字航母启动仪式"。同时，三方将正式达成战略合作在天津建立"微型小说基地"共同构建中国微型小说航母。本次会议有100余位微型小说作家携万篇作品入住番薯网。多位在京著名作家，评论家参与此次盛会。

序

走出北京西站，一脚踏在站前广场上，我才真正感到，北京，我来了。我终于站在了北京的土地上。天还没有完全亮，辽阔的黑色天幕上，有零星的星星在眨眼。眼前灯火辉煌，人流和车流在涌动。冷风从衣领钻进脖子，我感到了北京的寒意，不得不把防寒服的帽子戴在头上。

在火车上，朋友就发短信给我，出了车站，右手大钟后面坐320公交车，到清华大学西门下，对面就是北大博雅国际会议中心。

坐上公交车，沿途看到冬夜里的北京，冷飕飕的。不由把头往里缩了缩。我看见车窗外的人行道上有一个指示牌，上面显示……最高温度-3℃。正在这时，女儿的短信来了：爸，到了吗？北京冷吗？

我回：到了。北京不冷！

是的，北京不冷——这一句话随后就被事实证明了。北京，是暖暖的北京。

一

走进北大博雅国际会议中心的大厅，春风扑面而来。这春风是室内的温度，这春风是微型小说人之间暖暖的问候和关怀。那个握住我手使劲摇动的人自我介绍是尹全生老师。第二个握住我手的是微型小说家侯发山老师。

是的，北京不冷。当我和侯发山老师走进我们的房间，我感觉我穿得太多了，浑身直冒汗，进门就把外衣脱下。室内温度是摄氏26°。宽敞洁净的卫生间，洁白淡雅的居室，大屏幕电视，更有可以上网的电脑。这一切都像梦一样一下子就来到了我的面前。洗漱后，服务员招呼我们去吃自助餐。

我是第一次走进西餐厅，不知道该怎样去做，只好跟在别人后边看人家的动作。第二天吃自助餐，我才知道我第一次吃的东西都不到整个菜系的1%。坐在洁雅的餐桌上，服务生过来问，先生，来杯咖啡吧。微笑着点点头，说声谢谢。再俗的人坐在这里也会做到高雅和淡定。一边是刀，一边是叉，我才知道真的是走进了电影里的世界。浓浓的咖啡可以加金黄咖啡调糖、也可以加白砂糖、还有健康糖。奶是原汁原味的，不小心掉到衣服上一点儿也不会流下去。苹果汁是淡淡的香和醇。慢慢的饮，细细的品。一种成功的优越感油然而生。

整个大厅听不到人的喧哗，看到的都是文雅的人，文雅的动作，文雅的问候。

走出大厅，同行的朋友问吧台女服务生："自助餐一人多少标准?"

服务生答："每位138元，外加15%的服务费。"

在心里悄悄算了一下，一个人就是160多元。吐了下舌头，没让别人看见。

二

会议是在北大博雅国际会议中心——中华厅（B1层）召开的。进门

第六辑　半个苹果的爱

173

的时候，来宾在一幅大红横幅上签名。我签过名，接过工作人员递上的资料袋，工作人员给我的胳臂上贴了一张圆形号牌。我问这干啥呢？回答，一会儿抽奖。我看到我的牌号是15。

好多名家来了。我注意到了孔庆东的牌子。

天津出版传媒集团董事长荣新海讲话。

方正集团番薯网 CEO 赵柯女士讲话。

中大文景董事长郭兆瑞讲话。

天津出版传媒集团、方正番薯网、北京中大文景文化传播机构签约仪式启动。

新闻出版总署出版产业发展司副司长致辞祝贺。

方正集团总裁张兆东先生致辞祝贺。

构建微型小说数字航母、万篇微型小说精品入住番薯网仪式启动。

微型小说名家相裕亭、孙方友、秦德龙、袁炳发、侯德云、于德北、吴万夫、万芊、蔡楠、曾平，微型小说界的明日之星刘正权，小说著名作家侯发山等以及在微型小说界渐露头角的百名小说作者齐聚大厅，享受着微型小说的大典。番薯网副总编孙赫男给微型小说作者演示小说落户番薯网。中国微型小说协会会长郏宗培即兴讲话表示祝贺。

微型小说名家侯德云代表微型小说作者讲话。

我拿着相机不停地拍照，忙得不亦乐乎。整个会场春意浓浓，没有一点儿冬天的寒意。

当主持人宣布下面请小小说作家袁炳发先生上台摇奖时，我才忽然发现我臂膀上的号码牌不见了。我想着可能是我不停地拍照蹭掉了。正在我四处寻找我的号码牌时，二等奖出来了，两个，其中一个号码正是我的15号。

我激动地走上台子。正当我要解释时，主持人已经握住了我的手祝贺。特邀嘉宾把奖品——LG310今年最新款手机递到我手中。我冲台上和台下的朋友鞠个躬，激动地走下台。

接下来，微型小说论坛开坛。

知名作家、学院派评论家刘海涛先生作微型小说多平台开发报告。

番薯网副总编孙赫男给与会作者讲解微型小说与数字出版的前景。

整个会场不时响起热烈的掌声。好多人都把外套脱下，搭在身后的椅背上。北京给了来自祖国四面八方的微型小说作者春天般的温暖。

晚宴是在博雅燕春园举行的。我感觉高雅和庸俗的最大区别便是喝酒。

去北京的时候，爱人特别叮咛我，千万别喝酒。我一边答应着，一边想着到时候怎样应付喝酒的场面。到了北京，坐到五星级酒店，才知道我这种担心是多么的多余。高雅的大厅里坐了一百多人，却听不到一点儿"高升"、"五魁"的声音。喝的是红色饮料，黄色果汁，最多就是喝一点儿红酒。那种电影里的高脚杯拿在手里，有一种不真实的感觉。优雅地碰杯、恰到好处地祝酒、不时听到的是对不起，没关系，请、谢谢。北京，让来到这里的人感觉到自己一下子变得文明和高雅。

这就是北京，这就是北京的温暖。

三

晚上回到房间。一夜的火车，加上一天的会议，但人却不觉得累。这个朋友走了，那个朋友又来。大家互相问好，互相介绍。从网上一下子走进现实里，朋友一眼就能认出你是谁，他是谁。大家高声叫着彼此的名字，热烈地握手。网上看着是胖子的人，其实很瘦；网上感觉很开放的人，其实却很内敛。漂亮的美女、很酷的帅哥。

洗了澡，侯发山老师斜躺在床上看大屏幕电视。

我穿着白色的针织睡衣上网，和远在千里之外的侄女聊天。

侄女说："我听我爸说你到北京开会去了，开啥会啊?"

我说："微型小说会啊。"

她就很惊讶："呀，那多好啊！得花好多钱吧?"

我说："不花钱，还挣钱呢。来的车费一到地方，主办方就给兑换成现金。返程车票早买好了，而且是卧铺票。更让你想不到的是，我还中奖了，一部 1500 多元的新款手机。"

侄女就在那边夸张的回个表情。

早上询问服务生："这个酒店住一晚上多少钱啊？"

回答是 1000 元的。我惊讶地张大了嘴巴。

朋友说："这是五星级酒店。"心里就感叹，如果不是微型小说，我一辈子也住不了这么贵的房子。

想起以前在家的时候，小城最豪华的酒店标准间 100 元，我还觉得太贵。出门在外，一个人住 30 元的房间，还要狠狠心才决定。也想起家乡请客吃饭，一桌子也就一二百元。在这里，一个人的早餐就是家乡一桌子人的饭钱啊。

这是一种享受，也是一种荣耀。

北京给来自远方的微型小说作者的始终是温暖的情谊。

四

第二天上午，与会作家在北大博雅国际会议中心大学堂 4+6 会议室召开微型小说高端论坛会议。

中大文景文化传播机构总经理、著名微型小说作家滕刚先生作了《微型小说现状与发展》的讲话。他是这次活动的总策划者和具体实施者。滕刚先生在讲话中说了一句话，这句话让微型小说作者感到了浓浓的暖意。他说："你们只管把微型小说写好，剩下的事就是我的了。我要把它包装、推荐、出版。我不是你们的救世主，也不是什么教父，我就是你们的经纪人。"

著名评论家刘海涛先生作了《新时代写作》的报告。分析了微型小说远大的发展前景，给了微型小说作者很大的鼓舞。

接下来，与会的作者自由发言，作者就微型小说数字出版的细节、远景、报酬等做了详细的咨询和探讨。

整个会议室气氛是热烈的、春意浓浓的。这些春意体现在与会作者的笑脸上，也体现在与会作者不时响起的掌声里。

北京，又一次把暖暖的春意送给了远道而来的微型小说作者。

五

就要离开北京了。

当我和侯发山老师，孙方友老师走出博雅国际会议中心旋转玻璃大门时，滕刚老师和伊全生老师招手叫了一辆出租车。

滕刚老师说："发山，交给你了，路上吃饭、花销把发票寄回来就行。"

在车上，我说："好不容易来一趟北京，连北京天安门都没去，这还叫来过北京吗？"

孙方友老师说："我们陪你一起去。"

把行李寄存在火车站。我们一行三人坐上去天安门的公交车。

在天安门广场、人民英雄纪念碑、毛主席纪念堂、北京饭店，侯老师始终就是我的摄影师。

和著名小说作家孙方友先生在天安门前留个影。吉人天相，也沾一点儿名人的光。我对孙老师说："我不求写得和你一样好，我只求到了你这个年纪我还在写就不错了。"孙老师说："那怎么行，你一定要比我写得好才行。"在王府井书店，我见到了孙老师的《小镇人物》六卷，每本20元。还有三卷本早卖完了。这样的大作家却没有一点儿名人的架子。很佩服孙老师身上的大气和正气。

夜幕降临，华灯初上，也许是天气太冷的缘故，王府井大街人流并不多。但我们能感觉到它的大气和往日的繁华。

北京，我来了。我真的来了。当我踏上北京西站的广场，当我真正站在天安门前留影，我感觉北京真的不是梦，他就在我眼前，就实实在在的在我身边。从6岁上学学唱《我爱北京天安门》，从我用蜡笔画北京天安门开始，我就一直向往着去北京天安门看看，在北京天安门前留个影。这一个愿望终于实现了——是微型小说带给我的。感谢微型小说，感谢为微型小说作者提供机会的滕刚老师和他的团队。

从我身边走过的巡逻武警，英姿勃发，威武英俊，真正体现出中国军人的军威。

寒冷的冬天，站在天安门广场、站在王府井大街，我感觉不到一点儿寒意。

北京，是温暖的。暖暖的北京。

北京碎片

滕　刚

　　最早知道滕刚老师，是从看到他的《异乡人》系列之《过马路》开始的。那样诡异的叙述手法让我眼前一亮。后来看到他写一个女人为了一个男人的一句言不由衷的恭维而一辈子的等候的故事，再后来看他的《拯救木匠吴二》……知道滕刚老师是微型小说界的大腕级人物，也是不同于一般作家的人物。

　　再次接触滕刚老师，是他主编的"华师年选"——《2008 年最值得中学生珍藏的 100 篇散文》选用了我的一篇散文；《2009 年最值得中学生珍藏的 100 篇校园小说》,《2009 年最值得中学生珍藏的 100 篇传奇故事》也选用了我的微型小说。

　　滕刚老师在我的心目中是高如云端的微型小说名家，是高屋建瓴的人物。可令我没有想到的是，我这次去北京，刚一见到滕刚老师，和他握手，自报家门，滕刚老师就说："你的小说写的不错!"就这一句话，一下子坚定了我继续写下去的勇气；就要离开北京了，我和侯发山老师、孙方友老师走出博雅国际会议中心，滕刚老师和尹全生老师招手叫来一辆出租车。滕刚老师指着我说："恭喜你呀，你还中奖了!"就这一句话，我就知道滕刚老师还关注着我。滕刚老师紧接着说的一句话是："路上坐车吃饭把发票给我寄回来就行，这事发山负责啊!"我们就很感动。更另我感动的是我们从北京回来的一个礼拜后的某一天，中大文景的工作人员张梅给我打来电话，他说滕刚老师专门叮咛了让给我打电话，让我把路上的花费票据寄过去。我当时真的很感动——滕刚老师的事业才刚刚开始，他要处理的大事有多少啊，可他还记挂着他承诺的这件小事。我对张梅说："也没有什么，就是那个出租车费是侯发山老师出的，你给他打个电话吧。"

后来和侯老师 QQ 聊这个事。侯老师说："他把返程车票寄回去了，出租车车票没有寄。"

感谢滕刚老师。

侯发山

当我背着包走进博雅国际会议中心旋转大门时，看到大厅一角沙发上有很多人。我走过去，第一个招呼我的人是尹全生老师（后来才知道）。和周围的人握手，自我介绍，才知道那个高高大大的，国字脸的人是侯发山老师。

到了北京，我才忽然想到，我忘记带身份证了。酒店前台说，没有身份证真的不好办住店手续。侯老师说，给工作人员说一声，我们俩住一个房子吧。我去跟会务工作人员说了，行。于是，我就和侯老师拿上行李上了210室。

侯老师的微型小说到处发表，国内看到的小说类报刊常常有他的大作。可以说是个高产作家。我刚刚涉猎微型小说创作，就注意到了这个叫侯发山的作家。可能就和演艺圈的人一样，出镜率高就成了明星。侯发山老师的作品简直是铺天盖地。你不小心打开某一份报刊就能见到他的名字和他的作品。后来，我给一个杂志做在线选稿编辑，才知道侯发山老师原来是这个杂志的副主编。在 QQ 上和侯老师聊过几句，感觉此人不错，没有什么名人的架子。

没有想到的是，这次来北京，我竟和侯老师同居一室。他竟然和我是同年出生的。

去吃自助餐，他前，我后；同一张餐桌，喝咖啡、饮苹果汁，边吃边聊。

开会，我们坐在一起，就连上洗手间也要互相招呼一声。

我是第一次来北京，侯发山老师和孙方友老师为了陪我，才一同去了天安门，去了王府井。在天安门前，王府井里，侯老师就是我的专职摄影师，我的好多照片都是他给我拍的。

在北京，我看到了侯发山老师作为人最真实的一面——诚实、善良、宽容、大度。

孙方友

孙方友，绝对是大师级人物。

接触微型小说后，我内心最喜欢和佩服的作者有两个，一个是孙方友，另一个是相裕亭。孙方友的笔记体小说和相裕亭的传奇小说常常让我痴迷。我觉得他们的微型小说才是真正意义的小说，而不像一般人的微型小说要么是故事，要么就是作文。

孙方友老师的讲话幽默、风趣，加上他本土味很浓的普通话很有韵味和张力。他站在那儿讲话，你绝对想不到他就是个中国作协的作家，就是在人民大会堂开过作协代表会的作家。更想不到在王府井书店里有他九卷本《小镇人物》，是作家出版社倾力打造的。

说起孙老师传奇那绝对名不虚传。他在《人民文学》、《收获》、《中国作家》等刊物发表作品达 400 多万字，同时还著有小说集《女匪》、《刺客》，短篇小说《陈州笔记》获得过"飞天奖"、河南省文艺成果奖和小小说"金麻雀奖"等等，作品被收入《中国名家小说选》等百余种选集。同时作品还被译成英、法、日、捷克等国文字，可以说孙老师在小小说界是天王级的人物。

一般人也许只知道孙方友老师就是个微型小说名家，是个写微型小说的高手，很少有人知道，他是我国纯文学主流刊物《收获》发表微型小说三人之一，另两人是汪曾祺和冯骥才。他的作品不光在小小说的一些刊物上发表，而且在一些大型刊物上发表，这些刊物都是一流的作家才能发表的，像《收获》都是很难上的。

就是这样一个大师级人物，当他得知我是第一次来北京时，很痛快地说："走，我和发山陪你去天安门。"从北京西站到天安门，刚上公交车，孙老师就把车票买了。弄得我好半天都不好意思。到了天安门广场，孙老师说："他是 1966 年就来北京了，那年他 16 岁。"我说："哈，那年我才刚刚出生啊。"走过天安门，走进故宫，沿着厚重的红墙，我们一路走过北京饭店、走到王府井大街。在王府井书店，我们看到了孙老师的六卷本（其余三卷卖完了）《小镇人物》，装帧设计很雅致很精美。

给孙老师照相，他说："让发山给你多照几张吧。你不常来。"

到了候车室，孙老师和侯老师在第五候车室，我在第六候车室。孙老师说："进站还有些时间，我们到第五候车室聊聊。"到了第五候车室，没有座位，他们又陪我去第六候车室，还是没有座位。孙老师说："你找个地方先休息，我们过去啦！"我说送送他们。孙老师说："不了，你快找个地方休息吧。"

感动孙老师的谦虚和大气、和气、人气。

平　萍

我见到平萍的时候，她不知道我是谁。

我有点儿心虚。

在小小说论坛，我曾经就平萍的一篇微型小说提出过尖锐的批评。

我害怕面对真实的平萍。

可我们还是在饭局上相遇了。

我想，我必须要面对平萍了。如果我不主动面对她，面对这件事，我心里就永远是个结。

我走过去。

我说："你是平萍吧？"她说："如果我没看错，你应该就是江东。"

我说："真诚地对你说一声，对不起！"

平萍说："真的没关系。我还给蔡楠老师说了，这次见到江东，我一定当面向他讨教。"

我说："再次真诚的说声对不起。我是只对文章不对人。再说，我们个人之间没有利害关系。"

平萍说："我知道。我从此就很注意标点符号的用法了。可对你的观点我有些地方不敢苟同。"

我说："很好。这才是真正的交流。"

说了那句对不起，我们一下子就成了朋友。会议结束了，平萍送给我一本她的小说集《青玉案》。这本《青玉案》我看过，很不错的一本小说集。

真实的心痛

从北京天安门到王府井的路上，因为天气冷的缘故，路上行人不是很多。

红墙外，行人稀少的人行道上，我忽然看见一个老人跪在地上。

这样的场面我见多了，在西安，我见过背着书包、穿着校服的小女生、小男生面前再放一张写满字的招牌，考上大学了，天灾人祸上不了学……总有一种骗子的味道；也见到过残疾人躺在地上，追着喊着要钱的，总有一种无赖的感觉。这一次，在凛冽的北风里，我看到那个穿黑色衣服、也算整齐的老妇人，我忽然就想起了我的上了年纪的母亲。已经走过去了，我听见同行的孙方友老师说了一句，身上没有零钱。

我的心里突然有一种真实的心痛。

我折转回去，从兜里掏出零钱，放进老妇人面前的钵盂里。

我看见那个钵盂里其实只有一张一元的纸币。

老妇人没有抬头，她给我磕了一个头。

我真的受不起，我真想跪下来，还给她一个头。

在北京凛冽的北风里，在北京的街头，我第一次有了真实的心痛。

洗书记

书们是幸运的。

在农历五月十六的灾难中，距火源咫尺的书柜玻璃全部爆破，柜子的上檐漆皮全部剥落，而整柜的书，包括杂志，孩子的相框、玩偶都完好无损。火灾过后，面对整个房间的满目疮痍，烧成一堆灰的洗衣机，辨不出颜色的木箱，烧得变形的铝合金窗子，熏得乌黑的墙壁，心下怆然。用榔头敲掉破碎的书柜玻璃，看到书们安然无恙，轻轻舒了一口气。

书们又是不幸的。

火灾中的烟尘无孔不入，从上到下，书缝里，书的勒口，浅灰、灰、直至黑色。严重的已经看不出书的名目。在灾难后的一段时间里，我几乎每天睁开眼，就抱出一摞书，站在阳台，一本一本洗书。先是拍打，然后用干毛巾擦拭，最后用蘸了水的毛巾一遍一遍擦拭书的封面、勒口、封底。塑封书最容易清洗，遇到油烟严重的只需要蘸一点肥皂，轻轻擦拭，再用清水擦拭就很干净。最难的是以前收藏的书，价格便宜，从几角到几元，书价让人看了感叹一声，而纸质的封面，越擦拭越脏，时间稍长或者稍用力就损坏了封皮，擦掉了字迹。这样的书没有一点儿办法恢复原貌，叹息一回，心疼一回。

书们是幸运的。因为洗书，每本书都要从手里过，多年没有翻到的书，都在我的手里温暖一回。翻翻书目，看看定价，有兴趣了还要随便翻翻内容。读到多年前在扉页留下的文字，当年购买这本书的情景仿佛还在眼前，一本书就是一个故事，书里是别人的故事，书外是自己的故事。因为洗书，还忆起一些朋友，一句话、一行字、一个漂亮的书签都会引起一段美好的回忆。

书们又是不幸的，无论我多么认真地、不厌其烦地擦拭、洗涤，书们都不能完全恢复原貌。就像一件雪白的衬衣，穿过了，就再也洗不回原先的白。这些略有瑕疵的书们，被我重新排列整队，委屈的居于阳台的柜子、台板、新打的衣柜，只有等到房子装修好，它们才会重新回到书柜。这些垂头丧气的书啊，等到再回书柜时，我将再一次给你们打理卫生。这些书，这些杂志，这些玩偶，虽然无残缺，但还是损了。

覆巢之下，安有完卵？

这些不幸的书。

这些幸运的书。

这些我生命里的书。

我爱你们！

一切已经过去

　　整个 7 月，我一个字都没有写。烦躁、忙碌、多虑。先是 6 月末的火灾，使我的房子成了一个黑窟，房子里灾后的气味经久不散，半夜醒来，面对灰暗的天花板，心情坏到了极点。后是 7 月初的装修。从 7 月 2 号木工来到房子，我就每天陪着工人做工，说不出口的真实意图是监工。这儿看看，那儿摸摸。发几支烟，倒几杯水。递个铅笔，拉个墨线。一会儿门线没有了，一会儿拉手又少了。木工早来晚走，做了半个多月。刷涂料的工人是个很懒惰的人，一个师傅，一个徒弟，半早上来，下午就走，中间又有几天有事耽搁，到整个房子粉刷完毕，灯具安装结束，正好是 8 月 2 号——整整一个月，我们一家蜗居在门市部。天热，又累，心情就很烦躁。装修后的房子，简直就是战争后的战场，打扫战场成了我的又一轮苦行。门窗上、地板上的涂料，角线下的水泥，窗口里的杂物……铲子、卫生球、抹布，手脚并用，匍匐前进。忙了两天，房子终于显出了宽敞明亮的一面。这次火灾，可以说是"祸兮，福之所至"——不得不重新装修房子。看着装修一新的房子，像宾馆一样温馨漂亮，在这样的环境里，我也许能写出更好的作品。

　　女儿高考分数上了三本线。不是很高。为了能上个好一点的学校，在朋友的介绍下，我们在盛夏的酷暑里，在西安南边搭了几趟车，走了几次弯路，终于见到了某学院的某人。该说的话都说了，该送的礼也送了。填报志愿后，就是忐忑不安的等。填报志愿时，女儿不想再复读，我们就没有担风险，只报那个说情的学院，而是在这个学院后，为了保险起见，选了一个公办学院，两个民办学院。几天后的早上 5 点多，手机自动开机后，接收到录取信息，女儿被西安培华学院汉语言文学专业录取。没有惊喜，有的只是接受事实。那个说情的学校还是没有作用，好一点儿的学校录取分数自然要高。这应该是顺理成章的事，只是人在事中，总存在一种侥幸心理，存在一种想当然的心态。我们一家都接受了这个很不乐观的事实。我对女儿说："很好，培华是个校史80多年的老牌学校，上那个学校就要爱那个学校，这样的心态调整好了，学习就能好。将来去了好好学，学习时不要想着咋样就业，学好了，装一肚子饱书，自然就有用的地方。再说，这个专业不就是我们最喜欢的专业吗？女孩子学个自由、自己可支配的专业更好。"我又说："你爸我当年连这样的学校都上不上呢。你姑上的是电大，现在还带高三课呢。"

前几天，省作协许老师给我发短信，让我回个电话，找我有事。打过去，原来是我的照片不合格，证件一直没有办好。打我几次电话，都不通。我说我的手机电池不行了，总出问题，抱歉。第二天我就去城里重新照了照片，天热，衣服也没换，穿着随身的T恤，照出来的照片纯属一个农民。本来应该穿西服打领带的，可天太热……邻居看了，说很好，做人就要真实一点，活得那么假干啥？自嘲说，本身就是一个农民作家嘛。昨天下午，文友刘峰打来电话，说在《陕西文学界》6月份的期刊上看到我加入省作协了。商洛第一个就是我。我说感谢。晚上和山东作家薛兆平QQ聊天，他说："加入作协也许能写出更多更好的作品。"我说："加入作协，对我写作丝毫没有影响，也没有太多的高兴，只是有一种被承认的感觉。"

在这个没有写出文章的盛夏，我的作品收获却不小，《金山》上终于发表了一篇，攻克了全国小小说（微型小说）主流纸媒最后一个堡垒。《小小说选刊》14期杨总责编，"第一时间"栏目发头条。这是我自己比较喜欢的一篇作品。今年《小小说选刊》发了我三篇作品，这是我没有想到的。《思乡酒》过了都是心情书系终审。

天气渐渐凉了。不几天就要立秋。在这个充满凉意的秋天，相信我会写出更好的作品。

附记：唯一的遗憾是，我在新浪博客上不能回复朋友的评论和留言；去朋友的博客也不能发评论和留言。慢待了我的朋友。请关注我博客的朋友多担待。我时时关注着你们。

半个苹果的爱

浮光掠影说陈勇

和陈勇不是很熟，原因是我是一个只注重写作，很少关注评论的人。记得 2005 年在小小说论坛原创版做版主时跟帖说过这么一句话"作者的使命是写出让自己和读者满意的作品，至于作品发表了，说好说坏那是评论家的事"。我到现在还是秉承这一观点。小小说论坛后来设置了一个栏目"特邀评论家专栏"。在这里我注意到一个很活跃的评论家，那就是陈勇。

陈勇最先是以评论家的身份走进我的视野的。在他的专栏里，我看到他不断推出的评论文章，关注作者之众，评论视野之广，文章更新之快是他最大的优点。基于此，我私下认为，陈勇是个很勤奋的人，精力充沛的人，对小小说（微型小说）情有独钟的人。

2010 年初，在北京开会期间，有幸和侯发山老师住在一个房间。回来后把电子文档发给侯老师，侯老师给我写了篇文章《微型小说的吴琼》。后来在网上认识了山东青年作家薛兆平，在他空间看到他写了大量的评论文章，很有水准。就加他为 QQ 好友，恳请他给我写个评论文章。兆平很义气，那时候正是春节，他牺牲了和亲朋好友喝酒聊天的时间，写了《江东璞玉微型小说印象》。这两篇有关我微型小说（小小说）仅有的评论做了我新出版的微型小说（小小说）集《唱着生活的男孩》的序和后记。

新书出版后，我寄了一部分给多年来发表我作品的报刊责任编辑，关系特别好的文友，包括陈勇在内，我只寄出两本给评论家。

不久，我收到了陈勇老师发来的邮件，一篇评论《乡村，生命和文学的根》，一篇访谈。我真的很激动。我和陈勇老师没有一点交往，在网上也没有交流，就是这样一种关系，他竟然在收到我的书，在我的恳求下，给我写了评论文章。

不久，陈勇老师在 QQ 里告诉我，小小说论坛将要开他的小小说研讨专栏，也请我写点评论。我诚惶诚恐，说："我写评论是外行，一是看专业评论少，肚子里没有那些专业术语，二是自感鉴赏水平跟不上。"

陈勇老师给我邮箱发来两个邮件，一是陈勇小小说集《吹萨克斯的男孩》，一是《全国文友评陈勇》。最先拜读了《吹萨克斯的男孩》，再读《全国文友评陈勇》，我竟无话可说。陈勇先生的作品已经炉火纯青，陈勇先生的作品优点和优势已经被众多文友所剖析和评论。我这个外行再饶舌的话，只怕是画蛇添足。

此事就放了下来。

可是，每当我打开电脑，当我看到陈勇先生给我写的评论，当我重新阅读陈勇先生的作品，我的心里就有隐隐的不安和惭愧。我想：我是应该说几句话了。为了陈勇先生的真诚，也为了驱除我内心的不安。

我们应该学习陈勇先生什么？

陈勇先生在短短的时间里，出版了 9 本书。他这种勤奋和执着是应该让我们学习的；陈勇先生在创作微型小说（小小说）的同时，把目光投向评论界，并且写出那么多精彩的评论文章，也是值得我们学习的。陈勇先生是微型小说（小小说）界为数不多的加入中国作协的作家。这一切与他的勤奋、执着是分不开的。

陈勇先生的动物情结。

我特别注意到陈勇先生的三篇有关狗的作品，《老人与狗》、《狗保姆》、《名狗》。在这三篇有关狗的作品里，陈勇先生把人性深处的可鄙可憎挖掘到了极致，也在挖掘人性恶的同时，写出了作为人类朋友的狗的善良的一面。这就是对比的力量，一恶一善，更是鞭笞了那些丧失人性的人。

第六辑　半个苹果的爱

马非马

——读夏阳的《马不停蹄的忧伤》

和夏阳不是很熟。记得看他的第一篇小小说是《和刘若英相遇》。之所以看这篇小说是被"刘若英"三字吸引。小说看完了，被小说里的故事和作者所创造的氛围所感动。那时候，我还不知道夏阳在小小说圈弄出这么大的响动。小小说论坛开了"夏阳小小说作品研讨专辑"，心里不以为然，上去浏览了几次，看了熟悉的和不熟悉的、有名的和没名的人的评论，想着就是那么回事，捧呗。每次上小小说论坛，看到研讨专辑人气很旺，就不免打开浏览。看得多了，就有说话的欲望。

我注意到夏阳小小说的题目。夏阳的小小说在题目上做足了文章。马不停蹄的忧伤、与刘若英相遇、幸福的子弹、城里的月光、疯狂的猪耳朵……这些动感的、奇异组合的语言，吸引读者一窥真相。

这些优点其实也不是优点了。用题目来吸引人已不是很新的创意。不是还有"打死周海亮"吗？还有"寻找白云朵"吗？……

在这里，就夏阳《马不停蹄的忧伤》谈一点自己的感受。同样的，在写这篇小文时，我浏览了专辑里有关《马不停蹄的忧伤》这篇小说的帖子，看到帖子谈的多是那匹汗血宝马和它忧伤而逝的孩子。而我看到了《马不停蹄的忧伤》这篇小小说其实不是写马，骨子里写的是人。这是任何在小小说圈子里混的人一眼就能看出来的。

夏阳写这篇小说的引线，可能就是"翻阅《阿拉善左旗志》时读到一段这样的文字：

"民国三年仲夏，巴彦浩特镇巴勒图家一母马发情难耐，深夜出逃于野。翌日晨，携一普氏雄性野马返家，轰动一时。三天后，野马冲出马厩，不告而别。数月后，母马产下一汗血宝马驹，然宝驹长大，终日对望月亮湖，形销骨立，郁郁而亡。"

　　但夏阳这篇小小说如果单单为写马而写马就失去了意义和厚度。不论他在小说中如诗般的语言，童话般的意境，人性化的马，这一切功夫对于在杂志发表了小小说的作者都不是难事。如果夏阳写到汗血宝马"站在马厩的栅栏边，望着屋外漫天黄沙，饱含泪水。""最终，野马推开母马，挣脱缰绳，冲出马厩，在月下急速地拉成一条黑线，消失在茫茫的大漠深处"就结束，只能是一篇比较优秀的小小说。多年前，小小说阳光三剑客寒冰就写过一篇《我是猪》，写一头猪向往外面的世界，羡慕祖先的生活，当它终于走出豢养，受尽磨难，才知道回到被豢养是多么惬意的一件事。当它重新返回，终逃不脱被拉上断头台的命运。

　　聪明的夏阳在这里拐了一个弯，由这篇小说的引线，很自然的过渡到写人上来：一地烟头后，他掏出手机，拨通了一个电话号码。他说："你还好吗？我……我想回家。"

　　电话那头，迟疑了一会儿，响起一个凄凉的声音："你不是说，你的忧伤，我不懂吗？"

　　夏阳孩子般呜呜地哭了。他哽咽着说："都 30 年了，你居然还记得那句话啊。我老了，也累了。现在，我好想回到你的身边……"他不能想象那匹旷野深处的雄性野马，垂暮之年是否真的还不思回头？

　　电话那头已泣不成声。

　　读到这里，读者心情忽然沉重下来。和主人公一样哽咽了。我们头脑里那匹汗血宝马还在马不停蹄的奔跑，这个叫夏阳的男人孩子般呜呜的哭声却响在耳边，久久挥之不去。

　　马非马，这个马其实就是主人公的化身和写照。这就是这篇小小说成功的秘诀。

　　这篇小文到这里本应该结束了，脑海里忽然冒出"夏阳的三重境界"这个词，还是再啰嗦几句，还是拿《马不停蹄的忧伤》说事。第一重境界：汗血宝马因为爱情而被人豢养，后因向往自己原始放荡不羁的生活，又义无反顾地奔向沙漠；第二重境界：汗血宝马的亲骨肉也耐不了被豢养的寂寞，郁郁而死；第三重境界：马不停蹄的、忧伤的"马"——夏阳——文中的主人公在"马不停蹄""忧伤"之后，又欲"回归"了。为了这份回归，竟然呜呜地孩子般地哭了、哽咽了。

三重境界，前两个是相同的——是汗血宝马，就不该囿于有吃有喝的马厩，真正能体现它价值、施展它才华的应该是无边无际的腾格里沙漠。后面一重境界又完全是相反的——"他不能想象那匹旷野深处的雄性野马，垂暮之年是否真的还不思回头？"这匹汗血宝马——其实也是漂泊在外的主人公究竟应该走哪条路？是驰骋沙场还是返回马厩？

小人物的悲哀

——读夏阳《与刘若英相遇》

　　《百花园》是我一直坚持订阅的纯文学杂志。《小小说选刊》是我一直坚持从报亭购买的纯文学杂志。在个人的阅读范围和理解上，我一贯认为，百花园杂志出品的两个刊物在小小说圈里是文学性最高的。它是小小说这种文本的一个标杆。

　　每期杂志到手，习惯上我先看目录，然后捡眼睛一亮的题目看下去。《与刘若英相遇》就是在这样的境况下阅读的。阅读这篇小小说时，我还不知道夏阳已经是小小说圈炙手可热的人物。这样更好，它让我不带任何色彩的去阅读这个与明星有关的小说。

　　毫无疑问，这是一篇成功的、优秀的小小说。作者用第二人称写作，减少了给人物命名的尴尬，也很有亲和力的把主人公作为叙述对象。读者在阅读这篇小小说时，也没有了第三人称叙述的隔膜感。一个偶然的机会，你——一个普通的乡下农妇和当红大明星相遇了。也许是你的质朴和大自然在一瞬间的映像唤起了明星的少年梦，大明星和你称姐道妹了。在这样融洽的氛围里，大明星心血来潮，送你一张价格不菲的演出门票。作者用诗一般的语言，绘画一样的手法把这个相遇写得很美。

　　其实，这一切都不是很优秀，也不是作者写作的重点，小小说的成功与否关键还是要看它的结尾。如果没有一个厚重的、发人深省的结尾，再好的语言和叙述都只能是花拳绣腿。夏阳深知这一点。他在用了大量的铺陈后，笔锋一转，写出你和刘若英真正的相遇其实没有实现。当你"突然怔住了，在身上擦了擦手，从口袋里掏出那张票，对着灯光瞅，娘哎，这张票1280元！"（一千多块钱，这得多少车萝卜呀?），随后就是催着丈夫发动农用车，在天黑前把你送到市里体育馆。你拒绝了一个城里男人掏

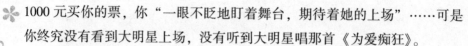

1000 元买你的票，你"一眼不眨地盯着舞台，期待着她的上场"……可是你终究没有看到大明星上场，没有听到大明星唱那首《为爱痴狂》。

你其实是累了。忙了一天的农活，做了永远也做不完的家务，你累了。虽然体育馆人山人海，虽然体育馆"呐喊声，欢叫声，海啸般将你吞没"，可你还是睡过去了——你的头微微仰着，嘴巴张得窑洞一般大，靠在舒适的嘉宾席上，鼾声震天地睡着了。

"在你的眼里，世界上只分为城里人和乡下人，有钱人和穷人。城里人离你的生活很遥远，更别说她这个有钱的台湾人了"，是啊，在你的观念里，你其实就是个穷人，一个处在生活底层的乡下人。不管你如何努力，那些有钱人，处在社会高处的人的生活你永远也融入不了。

这就是小人物的悲哀。不管与刘若英相遇是多么的富有诗意和美丽，而结局是出其不意的，也是顺理成章的，更是可悲的，让人深思的。

感谢夏阳。

丝瓜花开

丝瓜藤蔓绕着电线、绕着铁丝、绕着竹篱笆疏密间隔地爬满了体育场的一角。那些开在枝头的花儿，黄的鲜艳。阳光还在楼房的后面，绿意充满的一角因为这些灿烂的花儿便充满了阳光的亮色。钢筋水泥砌就的楼房在这些花儿的映衬下也有了生气和活力。和楼房形成明显对比的是那三间红砖砌就的低矮的小屋。小屋被丝瓜罩着，被豆角围着，被西红柿、茄子、辣椒、葱、韭菜拥着，小屋一下子充满了诗意和温馨。

从小屋走出来的男人个子不高，穿一件绿色的 T 恤，裤管一边高一边低，脚上是一双看不清颜色的拖鞋。男人拿起靠墙的扫帚，在小屋前面，丝瓜架底下，豆角前面一下一下清扫地上的垃圾。那些雪糕袋子、饮料瓶子、方便面袋、速食品盒子在男人的扫帚下，快速地聚拢到一起。一个打球的男人，穿一件白色背心，满头大汗地去丝瓜架下的压水井边，压出清洌洌的水，先饱饱地喝够，然后掬起大把的水洗脸。穿背心的男人洗罢脸，抬头看到穿绿色 T 恤的男人正在支桌子，就喊："二梁，又摆开战场了。"叫二梁的男人一笑，黑的脸上露出白的牙齿，"是啊！是啊！打球哩？"穿背心的人就说："你啥时候钱能挣够啊？"

二梁的口音不是本地人。熟了，才知道他是西安人，来洛城 11 年了。先是在体育场一角承包了一块地，安装了小火车、动力飞船、奔马、碰碰车、蹦蹦床……开了一家儿童乐园。逢年过节的时候，这儿就是一片欢乐的海洋。孩子的笑声、欢呼声、爸爸妈妈的呵护声把这个角落打造成一片幸福的乐园。二梁和媳妇也在这一片欢乐的海洋里满足着，幸福着。过了几年，小城人民路开了一家室内儿童乐园，仓颉园上也开了几家游乐场，二梁的游乐设施经过几年的经营显然已经落后了。生意开始清淡下来。媳妇就和二梁吵，和二梁闹，媳妇最后回西安了。媳妇有借口，孩子大了，要给孩子一个好环境。二梁有一个女儿，在上初中。

二梁不走。二梁说："西安那地儿大，做生意本钱大。他没本钱，做不了。再说，西安那地儿空气也不好，哪有洛城这里的蓝天啊？"生意不好了，开销明显就大了。尤其是菜价一天一个样，西红柿两块钱一斤，葱五角钱一把，一把五根。二梁就在房前屋后，游乐场周围种上白菜、萝卜、豆角、辣椒、西红柿、茄子……那些豆角、丝瓜顺着房子伸到蹦蹦床、动力飞船的电线、围绕火车铁轨的铁丝网攀爬着，蔓延着，小屋、游乐场就被一层绿色覆盖了。二梁注意到洛城这两年开的老年活动中心多了，说是活动中心，其实就是麻将馆。那些上了年纪的人，闲着没事，就聚在一起，拿个小彩头，消磨个时间。二梁就在丝瓜棚下、豆角架旁支了小方桌，搬几块干净石头、几张自己钉做的小木凳，摆了几桌麻将。来体育场休闲、锻炼的老头老太就坐在了这绿荫下，打起了麻将。没有了钢筋水泥房子的约束，这些老头老太更是放松了心情，玩得不知早上黄昏。

二梁看着摊子支起来了，顾客也稳定，就买了冰柜，进了饮料和雪糕、冰激凌。天气好的时候，也有孩子来这儿玩耍。蹦蹦床上跳得满头大汗，必要来买雪糕和冰激凌。那些打牌的老头老太坐上桌子就喊拿瓶饮料。更有那跑步的、打球的，人手一瓶水，还不能解渴。这个秋天，二梁的媳妇回来了。媳妇的脸上带着笑，很满意、很幸福的笑。媳妇说："二梁，不错嘛。我们应该再进点烟、酒、方便面、锅巴、火腿……"

小屋、火车道、蹦蹦床、动力飞船、木马、碰碰车、牌桌、冰柜，丝瓜、豆角、西红柿、茄子、辣椒、韭菜，还有那个汩汩冒出清冽冽水的压水井、那个放在门前的铁桶、跑来跑去的小土狗……这一切，构成了二梁的王国。在二梁的王国里，丝瓜花开，火车鸣笛，狗儿欢叫，牌桌上嬉笑打骂，蹦蹦床上欢声笑语。二梁的王国，是欢乐的王国。二梁把欢乐带给别人的同时也把欢乐留给了自己。

这一天早上，二梁的王国来了一个背相机的男人。男人的头发留得很长，高高瘦瘦的，穿着搭扣中式对襟衣服。男人对着二梁的王国那些黄的花儿、那些绿的丝瓜、红的西红柿、紫的茄子拍了一阵。男人走到压水井前，压出清冽冽的水，喝一口，说："好甜!"二梁看到了，走到男人面前，"听口音您是西安人吧？啥时候来的？"男人也听出二梁的口音是西安人，就很惊讶，"你住在这儿？"二梁说："我就是这一片天地的主人。"男人就惊讶了，这一片天地，是啊，天是蓝的，云是白的，花是黄的，地下的草、园子里的菜是绿的。还有打牌的，玩耍的人都是快乐的。男人对二梁说："你一定很幸福吧？"二梁说："我的确很快乐。"

男人就在丝瓜架下留连了很久。他的相机里存了很多有关丝瓜的图片。那天晚上，男人来到网吧，把这些图片发给远方的女朋友。男人说："丝瓜花开，幸福满园。来吧，幸福其实就是这样的简单。"

二梁不知道，他的丝瓜拯救了一个爱情，更拯救了一个生命。